Calypso

Tome 2 : Sable doré

Armelle Hanotte

CALYPSO

Tome 2 :

SABLE DORÉ

Armelle Hanotte

So ROMANCE

www.soromance.com

Chapitre 1

Joséphine

Arrivés à Hawaï, Itzel et moi sortîmes pressés du bateau. J'étais excitée à l'idée de découvrir le paysage tropical de cette île. Avec lui, toutes mes blessures paraissaient refermées, guéries, comme si sa personne, son énergie, s'accordaient parfaitement avec les miennes.

Jamais je n'avais aimé aussi fort une personne en si peu de temps. Et si le coup de foudre existait ? Et si une relation pouvait être aussi ardente en si peu de temps ? Parfois, le caractère d'une personne colle parfaitement à celui d'une autre pour ne former qu'un.

Bien que je m'y sois déjà rendue, c'était la première fois pour mon petit ami qui s'émerveillait. Tandis que sa bouche restait grande ouverte, je la lui fermai tout en le taquinant pendant que nous descendions lentement les marches du ferry.

Le vent soufflait fort ce jour-là, se mêlait au bruit des vagues et aux cris de mouettes, s'engouffrait dans les feuilles de palmiers. C'était reposant de poser enfin les pieds sur le sol. Je ne supportais plus la sensation du bateau naviguant sur les océans. La joie d'être arrivé me berçait depuis quelques minutes.

Pourtant, nous étions chargés comme des baudets. Chacun possédait deux grosses valises ainsi qu'un sac à dos. Exténuée par ces derniers jours, je décidais d'appeler un chauffeur. Je m'arrêtai au bord de la route et fis de grands signes avec mes mains afin qu'un taxi puisse nous repérer de loin. Pendant ce temps-là, j'observais le paysage. Des cocotiers s'élançaient vers le ciel au milieu des massifs de fleurs colorées. Les bâtiments abordaient des murs arc-en-ciel, et des voitures à l'ancienne. C'était exactement comme sur les affiches de films américains, ou les tapis muraux que nous pouvons trouver sur Amazon.

La plage, la mer et le bon air me donnèrent envie d'y aller tout de suite. Cependant, nous devions d'abord déposer nos bagages à l'hôtel. Heureusement, Itzel avait réussi à annuler sa réservation pour qu'on puisse dormir dans l'hôtel que j'avais choisi, dans une chambre double. Nous avions préféré la facilité, car son hôtel se situait à l'autre bout de la ville, tandis que le mien était à côté de la plage. Après plusieurs appels, il avait réussi à se faire rembourser, et nous avions pu passer à autre chose.

— Tu avais raison ! Tout est admirable ici ! murmura Itzel, époustouflé par les merveilles de la nature.

Les maisons étaient colorées de rouge, de bleu, de plusieurs couleurs qui nous plongeaient dans une ambiance festive. Les personnes marchaient à leur aise sans se presser comme dans nos pays. Elles souriaient, apportaient la bonne humeur. Nous étions contents de respirer le bon air, d'être arrivés, et surtout, de profiter de ces vacances.

En balayant la scène du regard, je devinais très clairement que leur manière de vivre était différente de la nôtre. Tout ressemblait à un conte de fées.

Alors qu'Itzel admirait le paysage, je sifflai pour appeler ce taxi qui ne nous avait toujours pas repérés, puis lui donnai un tendre baiser. Par chance, un véhicule se gara à nos pieds rapidement. Je mis nos valises dans le coffre, tandis qu'il décrivait notre destination au chauffeur. J'avais hâte de voir notre chambre et de dormir auprès de lui. J'espérai qu'Elsa ne fasse pas des siennes et qu'elle ne pique pas sa crise. Ses critiques désobligeantes avaient le don de m'irriter. En particulier quand ses remarques touchaient mon physique ou mes habitudes. Mes amis me comparaient souvent à une grand-mère, car j'adorais lire, débattre, en apprendre plus, pendant qu'eux buvaient verre après verre dans les soirées.

— Apparemment, nous ne sommes qu'à cinq minutes de l'immeuble ! sautilla-t-il de joie quand j'entrai dans la voiture.

Je claquai la portière, me réfugiai dans ses bras musclés et le *taximan* démarra. Sa chaleur me réconfortait. J'écoutais son cœur battre de façon rythmique. Cette mélodie m'apaisait, elle me rassurait sans que je ne sache expliquer pourquoi. Je voyais le paysage défilé du village à ses côtés. J'étais si bien dans ses bras, et comme prévu, nous fûmes rapidement à destination, prêts à profiter de chaque instant. Je payai donc le chauffeur et lui souhaitai une bonne journée. Il repartit souriant, bien que je perçus dans son regard un côté agacé.

Face au bâtiment, je contemplai la perfection de chaque détail et fus stupéfaite par son élégance. L'expression sur le visage d'Itzel reflétait son étonnement.

— Entrons ! dis-je pour que nous puissions avancer.

Si aucun de nous ne bougeait, nous resterions là pendant des heures. Je pris les choses en main et nous montâmes jusqu'à notre chambre. Le réceptionniste fut très accueillant et sympathique, tout comme les femmes de ménage qui vinrent nous offrir un collier de fleurs en apprenant que nous passerions nos vacances en couple dans cet hôtel. Je les remerciai et amenai, hâtivement, mon amour avec moi. Ce fut très pénible de grimper les trois étages avec nos énormes malles, mais par chance, nous y accédâmes d'une traite. Nous étions déterminés à nous installer pour nous reposer par la suite.

— Parée à entrer ? demanda-t-il en m'embrassant dans le cou.

Je me mordillai les lèvres et hochai la tête. À deux, nous tirâmes sur la clinche. La porte s'ouvrit et la décoration s'afficha sous nos yeux. Les murs blancs comportaient des tableaux de la place, le côté tropical se reflétait dans les meubles, et en particulier, dans la chambre. Le papier peint rappelait l'environnement extérieur, chargé de bambous, qui s'emmêlaient les uns aux autres. Une véranda donnait sur le balcon avec une vue imprenable sur la mer d'un bleu soutenu.

Ébahis, nous nous pressâmes de nous jeter dans lit après avoir laissé nos bagages, porte fermée, à côté du bureau. Il était énorme et paré de draps fleuris. Nous rîmes de joie, puis Itzel s'approcha de moi et m'embrassa à pleine bouche. Je passai mes mains autour de son cou et enroulai mes jambes à sa taille sans me détacher de ses lèvres. Elles possédaient un goût sucré, mielleux dont je raffolais tant quand je l'embrassais. Plusieurs sensations s'éveillèrent au creux de mon ventre. Je déboutonnai sa chemise fleurie et la jetai au sol à la hâte. L'irrésistible envie de le sentir en moi me prit.

Caressant son torse, j'échangeai nos positions et me mis à califourchon sur lui. Ses mains dérivèrent sur mes fesses et se dirigèrent par la suite vers mon intimité. J'ouvris la bouche et geignis de plaisir. Mille sensations s'emparèrent de mon corps, tandis qu'il titillait mon entrejambe. Je resserrai l'étreinte que j'avais sur ses bras et gigotai sous l'emprise du plaisir. Itzel s'amusa à venir et sortir avec ses doigts tout en parsemant mon cou de baisers.

— Tu aimes ça ? demanda ce dernier en se plaçant au-dessus de moi.

La main dans la culotte, il me pénétra plus profondément. Je gémis, puis l'embrassai passionnément. Ce fut avec fureur que j'ôtai son caleçon pour le toucher. Il grogna et s'abaissa sur mon bas-ventre qu'il baisota.

— Oui, murmurai-je entre deux gémissements.

Soudain, alors que nous étions tous deux ivres de désir, j'entendis des pas qui venaient en notre direction. La porte s'ouvrit. Je reculai et lançai un coussin à Itzel qu'il plaça sur sa partie intime dans le but de la cacher. Quant à moi, je dissimulai ma nudité sous les couvertures du lit.

— Surpriiiissseee !!! hurla Elsa en entrant dans la pièce.

Aussi rouge qu'une tomate, je ne sus si je devais rire ou pleurer. Sur ce, l'excitation s'était évaporée. Néant total. J'étais avant tout abasourdie de la voir à Hawaï. Elle m'avait raconté prendre la prochaine croisière en direction de l'île pour me rejoindre et non l'inverse.

Quand elle remarqua que nous étions nus et gênés par la situation, elle porta sa main à la bouche.

— Merde, je suis désolée... Je ne pensais pas qu'il serait, enfin que vous feriez... Rho, t'as compris ! Tu ne m'avais pas prévenue que c'était aussi sérieux !

Je jetai un coup d'œil à Itzel qui se pressa dans la salle de bain le cul à l'air. Je supposais qu'il n'était plus excité tout comme moi. Quand je fus en compagnie d'Elsa, j'attrapai mon soutien-gorge ainsi que ma robe pour me rhabiller.

— Qu'est-ce que tu fais là ? lui dis-je, étonnée.

Celle-ci vint s'asseoir au bord du lit et recula, écœurée : le slip d'Itzel.

— Ton copain a oublié ça…

Je soupirai et le lui pris des mains. Je me levai, ouvris la porte de la salle de bain et le donnai à mon petit ami, qui, souriant, se marrait de la situation. Je lui tirai la langue d'un air dégoûté *« et notre moment à deux dans tout ça ? »*

— Bon, tu ne m'as pas répondu. Qu'est-ce que tu fais là ? Tu devais arriver après moi… insistai-je une seconde fois.

Ma meilleure amie se précipita dans mes bras et m'expliqua à quel point je lui avais manqué. Elle aussi, bien que je ne sois pas réjouie de la voir, car si Elsa était présente, Tom ne devait pas être loin.

— Je voulais te faire une surprise. Tu sais, comme au bon vieux temps ?

— Oui… Tom est ici ? demandai-je d'un ton irrité.

Elsa baissa le regard, déglutit et me supplia de lui pardonner son erreur. Je la rassurai et lui promis que cela allait s'arranger, car de toute façon, Itzel était là pour me protéger et que Tom ne pourrait pas nous faire de mal. Apparemment, il avait été violent en présence de cette dernière. À écouter son explication, je n'eus qu'une envie pressante, celle de le frapper et de lui dire que je le détestais depuis le début.

— Ne t'inquiète pas. Je ne l'ai plus revu depuis un petit moment. Il est parti en furie…

— De qui parlez-vous ? dit Itzel en sortant de la salle de bain.

Torse nu, il saisit son tee-shirt et l'enfila sans prononcer un mot de plus.

— Tom, le gars qu'Elsa a amené, répondis-je en me logeant dans ses bras.

— Ah… Ce fameux Tom, fit-il, les mâchoires serrées.

Sur ces mots, nous entamâmes une conversation sur sa violence et son comportement indécent. Je n'arrivais pas à y croire. Je le connaissais comme un homme doux, tendre et qui adorait les femmes. Tom avait fait quelques années d'études en ma compagnie et celle de ma meilleure amie. On l'avait souvent rencontré en soirée et il restait une bonne connaissance sympathique. Jamais il n'aurait osé crier sur quiconque par peur de l'effrayer. Cependant, il avait changé. Il n'était plus le même et je craignais notre rencontre. Des rumeurs sur cet homme traînaient dans ce lieu de travail et nous atteignaient jusqu'à Hawaï.

La journée se continua assez rapidement. Elsa nous fit visiter les bons coins et la plage qui était sublime. Ma meilleure amie avait eu quelques jours pour connaître par cœur les différents lieux de cette île.

Bien que la plage était bondée par la foule de touristes, l'ambiance y était festive et agréable. Le sable chaud me brûlait les pieds, crissait à chacun de mes pas. Le soleil inondait la baie d'une forte lumière, et les nuages dans le ciel avaient une forme de dauphin. Tout me semblait parfait. Je décidai alors d'aller m'amuser au cœur des vagues puis remarquai que l'eau était très claire, un aspect qui me paraissait impossible en Belgique. Je conclus que cette île était vraiment magnifique. Mon enfance gardait ses souvenirs au cœur de ce voyage, toutefois, je ne me souvenais plus de tous les détails vécus.

Après des jours et des jours dans cette croisière, bloquée dans un ferry, je m'amusais et jouais enfin avec les personnes que j'aimais : Elsa et Itzel. Le soleil nous réchauffait la peau à tel point que j'attrapai un léger coup de soleil. Cette journée était parfaite, comme j'en rêvais depuis des années. Au final, ces vacances allaient peut-être devenir les plus belles de ma vie.

Chapitre 2

À six heures trente, nous décidâmes de nous rendre au restaurant, affamés. J'avais une faim de loup et mon ventre, complètement vide, hurlait. En plus, Itzel avait hâte de manger un plat typiquement hawaïen. Je lui parlai des nombreux repas que mes parents me faisaient découvrir au fur et à mesure de mes voyages. Mon pays favori à leurs côtés fut l'Espagne. La chaleur était agréable et la nourriture alléchante !

La décoration du restaurant était remarquable. Plusieurs fleurs attachées au mur rendaient la pièce très belle et j'appréciai vraiment le côté bambou écologique. Tout semblait si exotique et tropical. Cela me réjouissait. Je me sentais vraiment à Hawaï grâce à leurs ornements fleuris.

— Tu en es certaine ? me questionna-t-il, intéressé.

Avant de lui répondre, lui, Elsa et moi nous assîmes à une table proche du bar. Je pris la carte et lus ce qu'ils présentaient. En même temps, je lui expliquai les différents ingrédients qui composaient les repas. Il y avait le *porc Kalua*, idéal pour les hommes qui aimaient la viande comme lui. Produit à partir d'un rôti de porc coupé en tranches fines, il était recouvert de feuilles de bananier, cuit dans un four, et accompagné de certaines crudités.

Elsa, elle, préféra choisir le *Lomi Salmon*, composé de saumon cru piquant, de tomates, et d'oignons doux ainsi que de piments.

Quant à moi, je commandai le *Loco moco* parce que je raffolais de féculents. Ce plat se servait avec du riz arrosé par un jus de viande, recouvert à son tour par l'hachée et servi avec des œufs au plat.

Mes yeux tombèrent sur les desserts. Rien qu'en les lisant, je salivai, affamée ; les *malasadas*, la *banane lumpia*, la *tarte au chocolat Haupia*, le *gâteau à la goyave*, le *cheese-cake au Lilikoi*. Il y avait même le *Shave Ice* ! Je n'en revenais pas. Leurs plats contenaient beaucoup de variétés.

— Tu as pris quoi ? me coupa Elsa dans ma lecture.

Je levai la tête et déposai la carte, que j'avais suffisamment regardée à mon goût.

— J'ai demandé un *Loco moco*. Même si c'est une spécialité hawaïenne, je voulais garder des aliments que j'ai l'habitude de manger. Et toi ? répondis-je de bonne humeur.

La main d'Itzel se glissa sur mon dos et saisit ma taille. Je lui lançai un regard tendre.

— Je préfère le *Lomi Salmon* ! La viande me dégoûte…

Cette dernière parla avec des gestes brusques, ce qui me donna envie de rire. Mon petit ami s'esclaffa et l'atmosphère se détendit. Tom était toujours absent et ne se présenta pas à l'hôtel. Je me demandais où il avait passé la nuit et ce qu'il faisait à cette heure-ci.

Nous dûmes attendre quelques minutes avant de recevoir nos plats. Tracassée par cette absence, j'essayai de ne rien laisser paraître. Nous discutâmes donc entre amis, de tout et de rien. Elsa nous parlait de ses multiples relations et elle regrettait d'avoir quitté sa dernière rencontre. Un homme du même âge qui se passionnait par la photographie. Son modèle préféré restait Elsa par ses longs cheveux ondulés et son visage fin. Pendant des années, il voyageait à droite à gauche pour remplir son carnet. Cependant, ce comportement agaçait ma meilleure amie qui, encore aux études, ne pouvait l'accompagner. Elle mit un terme à leur relation quand elle apprit qu'il reparlait à son ex, question de travail. Réaction excessive ou justifiée, cette rupture les avait brisés durant des jours.

— Il était si gentil, tu sais ! Et puis, qu'est-ce que cet homme était canon. Je n'ai jamais autant joui qu'avec lui, s'exprima-t-elle, folle de joie.

— Elsa ! criai-je, embarrassée par ses déclarations.

Le rouge me monta aux joues et Itzel me caressa le visage, amusé par ma timidité.

— Rho Jo', ne joue pas les innocentes. Tu dois bien te distraire avec Itzel quand vous êtes à deux, non ?

Je ne voulus pas répondre à sa question. Elsa était trop curieuse et séduite par mon couple. Il représentait ce qu'il souhaitait ; stabilité, passion, désirs. Je désirais garder un minimum d'intimité avec mon petit ami, en particulier quand cela concernait le sexe. Je n'aimais pas exposer ça à table, encore moins quand mon petit ami était présent.

Tandis que je changeai de sujet de conversation, le serveur vint déposer nos commandes. À peine était-il parti que nous nous taisions et mangions à cœur joie. La nourriture était délicieuse et les odeurs très appétissantes !

Je jetai un coup d'œil au plat d'Elsa qui paraissait très alléchant. Qu'est-ce qu'on allait se plaire ici pendant un gros mois !

Alors que nous dégustions notre nourriture dans le calme, trop concentrés sur le souper, un homme entra dans le restaurant, titubant et criant l'injustice de ce monde. J'écarquillai les yeux quand je l'aperçus au centre de la pièce. Les vêtements tachés et plus que sales, les cheveux en bataille, le teint pâle et les cernes sous les yeux, je compris que Tom avait bu et s'était bourré la gueule comme un vieux con.

À l'instant où il me vit, il s'avança de manière très brusque dans ma direction. Itzel discerna mon malaise à l'expression de mon visage. Il regarda ce que je fixais, puis me serra la main en guise de réconfort. Juste avant que Tom ne s'asseye à notre table, mon petit ami chuchota :

— Ne faites pas attention et ne soyez pas trop agressives.

À peine eut-il eu le temps de nous prévenir que Tom se pencha sur moi et posa un baiser sur mon front. Paralysée par la peur, je n'osai plus bouger ni le repousser. Mes mains tremblèrent. Il m'effrayait tellement quand il était ivre. Les rumeurs me revenaient à l'esprit, elles me hantaient pour intensifier mes craintes.

— Petite salope, j'espère que t'as profité de ta croisière, hurla-t-il en frappant son poing sur la table.

J'empêchai Itzel de répliquer quoi que ce soit. Je refusais que cela finisse mal, par la violence, car nous étions ici pour nous détendre. En voyageant jusqu'à cette île, j'espérais m'éloigner de tout problème, et malheureusement, Tom en symbolisait un lui-même. Je répondis alors pour le calmer :

— Hawaï est bien plus captivante qu'une croisière en bateau !

Les clients nous observaient, abasourdis par les cris.

— C'est ça… Tu l'as baisé, hein ?! Tu l'as baisé comme une pute, je parie !

Sa voix, trop forte et portante dans le restaurant, me mit sur le qui-vive. Rabaissée à l'état de merde par ses propos, je tentai de me cacher à l'aide de mes cheveux que je détachai. Tom essaya de riposter une seconde fois en me touchant, mais Itzel s'interposa entre nous et l'obligea à sortir. Ils se levèrent de table brusquement. Elle tangua tout comme les verres qui au centimètre près, auraient pu s'écrouler. Je l'écoutai brailler toutes sortes d'insultes et fondis en larmes quand il fut à l'extérieur. Où était la sécurité ? Il n'y avait donc personne pour les aider ?

Inquiète, je jetai tout de même un regard dehors. Je perçus l'ombre de mon petit ami le battre et le pousser au sol. Je voulais me redresser pour les rejoindre, toutefois, ma meilleure amie m'arrêta et m'amena dans les toilettes du restaurant. Je ne sus ce qu'il se passa par la suite entre Tom et Itzel, mais j'entendis juste des cris et des bruits métalliques certainement émis par les poubelles placées contre le mur.

— Calme-toi ! me dit Elsa, tandis que mon corps frémissait.

Les larmes aux yeux, je ne sus que rétorquer. Mon premier amour n'avait pas toujours été doux, il me hurlait souvent dessus et n'hésitait jamais à me rabaisser. Alors qu'Elsa tentait de me rassurer, je refusai ses conseils. Me calmer alors qu'Itzel se battait contre un homme saoul, dépourvu de toute raison ? C'était compliqué. Je n'avais jamais fait face à une telle violence de la part d'un homme. Indirectement, c'était de la faute d'Elsa. Elle n'aurait jamais dû l'amener ici.

— Joséphine, écoute-moi ! Tom est une couille molle, d'accord ? Itzel va juste l'aider à se calmer... Viens, on va se rendre dans ta chambre le temps que tout cela se tranquillise.

Attristée et apeurée par la situation, je la laissai me conduire à l'étage. Mon esprit ne réussissait pas à réaliser ce qu'il se produisait. Je ne supportais pas de voir la violence. Cela me traumatisait comme jamais. Ma meilleure amie me força à me concentrer sur ma respiration et me tendit un verre d'eau pendant qu'elle allumait la télévision et cherchait une chaîne en français. Je bus quelques gorgées et visualisai la mer douce sous un soleil au zénith.

Ce ne fut que cinq grosses minutes plus tard que je finis par dissiper mes peurs et mes angoisses. Elsa ne m'avait pas donné un simple verre, non, elle y avait glissé un somnifère quand j'étais plongée dans mes pensées. Mon souffle finit donc par retrouver un rythme normal. J'étais si exténuée par la journée que je ne tins plus. Je sombrai dans les ténèbres en tombant dans un sommeil profond. J'espérais vraiment qu'Itzel s'en sortirait sans blessures.

Chapitre 3

Itzel

Je sortis en trombe, fou de rage face aux insultes de cet imbécile. Je le traînai jusqu'à l'extérieur comme un chien et le poussai au sol en le rabaissant de toutes les manières possibles. Il en voulait à Joséphine pour les sentiments qu'elle ressentait envers moi, et en l'attaquant pour ça, il me touchait moi.

Quand nous fûmes dehors, l'air frais nous frappa le visage et me donna des frissons. Mes poils se hérissèrent. Quant à Tom, il tenta de se relever, tant bien que mal, et se remit sur ses deux guibolles. Titubant, ivre, il empestait l'alcool et l'urine. Son teint était pâle, et une partie de son visage se cachait derrière sa barbe. Je n'imaginais même pas son état sous ses vêtements sales tachés de boue et de je ne sais quoi. Je me demandais bien où il traînait ces derniers jours pour ressembler à ça.

J'observai ses moindres faits et gestes, tandis que la nuit tombait à petit feu. Nous étions plongés dans une pénombre légère et, surtout, nous nous regardions comme deux chiens enragés prêts à se battre. Le regard haineux, il cracha au sol, puis émit un rire sinistre.

Je grimaçai et reculai en me demandant bien ce qu'Elsa pouvait lui trouver à ce salopard. Moche, prétentieux et en particulier désespéré d'être détesté de tous.

— Tu l'as baisée, c'est ça, connard ? Bientôt, ce sera mon tour, tu verras. T'es qu'un bon à rien. Ou, laisse-moi deviner, tu es avocat, médecin ? Elle ne s'intéresse qu'à l'argent, comme ses parents, pesta-t-il en s'approchant de moi.

Ces mots furent de trop à mes yeux. Je le frappai violemment et lui déboîtai la mâchoire. Tom tomba à terre en se tordant de douleur. Il hurla sous l'emprise de la souffrance et répondit à mes coups. Cependant, étant au sol, il ne toucha que le vide. Je pouffai de rire et me moquai de lui ouvertement. Cet homme était tout simple un bâtard qui méritait de souffrir.

— Oui, je l'ai baisée comme tu dis parce que je l'aime. Un sentiment que tu n'es pas prêt à connaître si tu continues sur ce chemin. Ne t'approche plus d'elle, ou je te promets que ça se passera mal.

En guise de réponse, je n'eus que le silence et son mépris. Je n'appréciais pas de me battre ni de jouer au plus fort. Cependant, Tom ne m'avait pas laissé le choix. Je devais lui foutre une bonne raclée pour qu'il se calme et s'éloigne de Joséphine.

— Je n'ai pas d'ordre à recevoir d'une couille molle ! cria ce dernier en se posant contre la poubelle.

Je ne supportais pas le regard qu'il portait sur moi. Une lueur ténébreuse dansait dans ses yeux. L'envie irrésistible de lui en coller une dernière me prit, mais je préférai l'ignorer et retourner auprès de Joséphine.

— Vas-y ! Dégage, gros con. Je suis trop fort pour toi, de toute façon !

Je levai les yeux au ciel et ris aux éclats. Trop fort ? Je n'en revenais pas. Il me cherchait encore, alors que je l'avais mis au sol. Avant de quitter l'arrière du restaurant, je me ruai sur lui et le frappai à sang. Mes poings percutèrent son visage et son corps entier. Son ventre et ses bras en prirent un coup. D'ici quelques minutes, il aurait plusieurs hématomes à soigner. J'attendis qu'il soit K.O. pour arrêter de le cogner. Le souffle saccadé, j'avais mis toute ma colère, toute ma rage pour le mettre dans cet état. Je me retirai et frottai mes mains contre mon pantalon. Il était salement amoché, mais il l'avait voulu, cherché. Tant pis pour lui.

Je l'abandonnai à son sort et rentrai dans le restaurant. Les personnes ne me prêtèrent pas attention et continuèrent de manger calmement. Je traversai la pièce en examinant la scène. Je ne voyais ni Elsa ni Joséphine. Où étaient-elles passées ? Je m'empressai de me rendre aux toilettes et les découvris vides. J'en profitai pour me rincer les mains tachées de sang. Je sortis de là un peu perdu. Perplexe, je demandai au barman s'il les avait aperçues, car il avait une vue sur tout le restaurant.

— Deux femmes ? L'une d'elles pleurait, non ? me questionna celui-ci, interloqué.

Je fronçai les sourcils et réfléchis à ce qu'il venait de me dire. Joséphine prenait facilement peur en cas de violence... Elle s'était peut-être mise à sangloter en mon absence. Je hochai la tête au barman et il me répondit :

— Alors, elles ont quitté leur table dès que le gars saoul a déguerpi.

Je soupirai et le remerciai de m'avoir aidé. Je me dépêchai de rejoindre ma chambre dans l'espoir d'y trouver Joséphine. Je grimpai les escaliers, quittant l'idée de prendre l'ascenseur, trop rempli pour qu'il y ait une place pour moi. Haletant comme un porc, je repris ma respiration, arrivé à mon étage. J'étais essoufflé par cette course, mais quand j'ouvris la porte, je fus aussitôt soulagé.

Joséphine dormait là, dans le lit, paisiblement et comme un ange. Je profitai de cette occasion pour rapidement prendre ma douche et me changer. Mon apparence laissait à désirer et puis je ne souhaitais pas puer l'odeur de cet homme pitoyable, soit celle de l'alcool mêlé à l'urine.

Quand l'eau chaude coula sur ma peau, je soufflai et penchai la tête en arrière. Cette chaleur me réconforta et dissipa ma colère. Je me lavai les cheveux, puis passai à la hâte le savon sur ma peau. J'y vis quelques blessures suite à l'ivresse de Tom : des griffes qui gonflaient légèrement. Je me crispai en passant mes doigts dessus. Enculé. Je lui ferai payer ses erreurs s'il touche encore une fois Jo'.

Lorsque j'eus terminé, je me séchai et allai me réfugier dans le lit sous les couettes. Joséphine gigota et je la pris dans mes bras pour la calmer. Son maquillage avait coulé, elle avait donc bien pleuré. Mon torse contre son dos, je l'attirai et la collai bien plus à mon corps. Je l'aimais d'un amour inexplicable et la voir dans cet état me brisait le cœur.

Puisqu'elle dormait d'un sommeil profond, je me permis de verser des larmes dans le plus grand calme. Je lui embrassai l'épaule et puis la tête. J'avais l'impression que tout cela était de ma faute. Pourtant, le fautif était Tom. Je devais cesser de me tracasser, mais cette soirée avait été catastrophique. Je comprenais mieux pourquoi Elsa la protégeait autant des hommes, peut-être que ma présence ne lui apportait pas tant de bonheur. Je n'exerçais pas le métier d'ingénieur, de vétérinaire ou d'avocat. J'étais un minable caissier qui ne pouvait rien apporter de trop coûteux à celle que j'aimais. Tout simplement parce que j'étais trop pauvre, trop petit à côté de Joséphine. Elle, elle était belle, grande, talentueuse, intelligente et si aimable, tandis que moi, j'étais sans diplôme, con et je ne comptais que sur le magasin pour me permettre de vivre dans mon appartement loin de ma famille. Les paroles de Tom m'avaient touché, même s'il était bourré. Ces insultes, je les avais reçues tellement de fois plus jeune que je les avais refoulées.

Attristé, j'essayai de dormir, mais mon esprit pensait encore et encore. Mille questions me tourmentèrent et m'empêchèrent de m'endormir. Je luttais contre mes soucis et je me tuais à vider ma tête. Mes doutes et mes peurs me parlaient. Ils me racontaient des faits, des disputes que je refoulais dans mon inconscient tant je les haïssais. Je n'avais jamais été la fierté de ma famille. Mes parents avaient prévu un bel avenir à ma naissance, celui d'un homme qui se forge une place dans la société. Malheureusement, rien de tout cela n'était arrivé. Jamais je ne reprendrais l'entreprise de mon père.

Je me retournai, encore et encore, lâchant Joséphine des bras. L'heure me semblait s'être arrêtée juste pour m'ennuyer. Le temps passait trop lentement et je ne trouvais pas la position adéquate pour passer la nuit tranquillement. J'avais trop chaud, puis trop froid et mes pensées revenaient à la surface juste pour m'agacer.

Je finis par sortir du lit pour écouter les bruits de la nuit sur le balcon. Les vagues m'apaisèrent. Je jetai un coup d'œil derrière moi et vis Joséphine debout qui me tendait ses bras. J'acceptai volontiers et me consolai dans son amour.

— Ça va aller, mon ange, viens dormir avec moi maintenant...

Elle enlaça sa main dans la mienne et m'amena dans le lit. Je l'arrêtai dans ses mouvements et l'embrassai avec passion en retirant son haut. Elle répondit à mon appel. Ses mains parcoururent mon corps. Nous avions besoin de ces moments d'intimité. Et puis, Joséphine savait toujours comment me réconforter, c'était bien ce que je préférais chez elle. Une femme au mental d'acier fondant comme neige au soleil en présence des proches qu'elle aimait. J'avais besoin d'elle comme elle avait besoin de moi. Nous nous complétions pour ne former qu'un. C'était bien ce qu'il y avait de plus beau entre nous.

Chapitre 4

Joséphine

Une semaine passa avant que je ne me remette de mes émotions. Comme maman me le répétait souvent enfant, j'étais une petite fragile. Et puis, Itzel m'aidait beaucoup à travailler sur moi et mes sentiments. Je lui avais raconté ma première histoire d'amour et il essayait de me comprendre du mieux possible. Plus les jours passaient, plus nous nous rapprochions. L'amour que je ressentais pour lui devenait à la fois ardent et déchirant. J'étais consciente qu'à la moindre fissure, je me briserais à jamais. Pourtant, cela ne m'empêchait pas de l'aimer et de prendre soin de lui.

Je le poussais et l'encourageais à étudier la médecine pour animaux. Sa propre confiance d'Itzel était aussi nulle que ma connaissance en l'espèce animale. Bien qu'il rigole de mes méthodes pour le dissuader de tout recommencer à zéro, je le surprenais souvent à réfléchir et à faire des recherches sur internet en ce qui concerne les universités. J'étais heureuse pour lui, qu'il rattrapait son estime personnelle et sa passion.

Sous un soleil tapant, Itzel, Elsa et moi nous dirigeâmes vers la plage dans l'espoir de bronzer tranquillement et de méditer. Elsa pratiquait le yoga depuis une dizaine d'années et y trouvait une certaine sérénité lors de ses séances. Quant à moi, j'avais prévu plusieurs magazines et une romance imaginaire pour lire sur le sable chaud. Je raffolais de littérature, en particulier la fantastique. Quand nous fûmes sur le sable, j'installai nos serviettes de plage afin que l'on puisse se coucher aisément. Itzel préféra tout de suite aller se baigner en espérant surfer d'ici une petite heure.

J'avais encore du mal à y croire, tout simplement parce que cet homme était parfait à mes yeux. Je le regardai courir vers la mer et sauter de joie dans l'eau. Je l'adorais, lui et son enfant intérieur qui battait toujours en son cœur. Il n'avait jamais peur de se ridiculiser. Le principal pour lui, c'était de s'amuser et de se donner à fond dans ce qu'il aimait. Comme il le répétait souvent : *on n'a qu'une vie, autant se défouler.* J'apprenais beaucoup de sa personnalité et de sa manière de penser quand il me racontait ses histoires.

— Bon, on ne va pas se mentir. Ton gars-là, c'est un dieu ! s'exprima Elsa en s'asseyant en position yoga.

Je lui souris et approuvai son point de vue. Nous nous mîmes chacune à nos occupations. Je m'allongeai sur le ventre et retirai la ficelle de mon maillot pour ne pas avoir de traces de bronzage. Je coiffai ma crinière en un chignon. Le vent tiède m'effleura la peau et me réchauffa. Cela faisait un bien fou cet air de vacances. J'ouvris mon magazine et commençai ma lecture. Cependant, j'eus à peine le temps de lire la première phrase qu'une personne vint se poser devant moi. Sa silhouette me fit de l'ombre. Je levai les yeux sur cette personne et aperçus Tom. Prise de peur, je me rhabillai à la hâte, me dérobai, puis percutai ma meilleure amie qui grogna avant de le voir à son tour.

— Je… Je ne vais rien te faire, je suis sobre, Jo'… murmura-t-il, soucieux.

Quand je compris qu'il s'inquiétait, je détenais une certitude qu'il cherchait du regard mon petit ami. Tom craignait de se faire choper. Il fallait dire que son visage ne ressemblait plus vraiment au sien. Le nez enveloppé d'un bandage après une fracture, un œil au beurre noir, sans oublier les hématomes sur son corps. Je lui demandai donc de s'éloigner gentiment et de nous laisser tranquilles, mais il insista.

— Je suis désolé, tu comprends ça ? J'étais saoule ! Comment aurais-je pu me contrôler ? s'exclama ce dernier avec de grands gestes.

Je soupirai et portai mes mains au visage. Il contrôlait son débit d'alcool, alors oui, il était responsable de son comportement. Elsa prit le dessus et se mit debout en le toisant. Je ne l'appréciais pas, ni lui ni ses amis stupides avec qui il prenait plaisir à se divertir.

— Écoute, tu dégages ou je gueule après Itzel. Je pensais qu'il t'avait prévenu, non ?

Les poings serrés, ma meilleure amie eut une voix forte et sèche. Bien qu'elle soit fine et un peu superficielle, elle savait se tenir face à un homme pour lui foutre une bonne raclée. Cette dernière fit frémir Tom qui recula de quelques pas. Le visage dur, il contracta ses muscles comme s'il était irrité par notre comportement.

— Depuis quand Jo' a besoin d'une chienne pour parler à sa place ? Je suis venu pour m'excuser, pas pour m'embrouiller la tête avec une pute qui baise sans arrêt.

Je pris la relève, car il allait trop loin. En m'approchant de lui, je le giflai brusquement et le chassai. La colère prenait possession de mon corps tout comme de mon âme. Je lui frappai le torse et perdant l'équilibre, il tomba au sol en pestant des jurons.

— Retourne en France, Tom. Tu n'as pas compris qu'on ne voulait pas de toi ? Regarde ce que tu deviens ! Un ivrogne détesté de tous ! Tu aurais mieux fait de prendre l'avion ce matin au lieu de bafouiller des excuses à la con.

Je regrettai aussitôt mes mots. Mon cœur s'estompa et mon corps trembla quand Tom, debout, se pencha sur moi.

— Ne te sens pas pousser des ailes, Joséphine, tu n'es pas mieux que ce bâtard qui te sert de mec.

Je fixai ses lèvres, sèches et exhalant la moisissure. Qu'avait-il donc mangé pour puer à ce point-là ? Tandis que je pensais à l'origine de son odeur, son corps se souleva et fut projeté à trois mètres de ma position. Itzel était revenu de l'eau, en furie et hors de lui.

— Qu'est-ce que tu fous là, hein ?! Il t'a touchée, Jo' ? s'enquit celui-ci, inquiet.

Je fis un signe négatif de la tête et contemplai la scène. Ma meilleure amie m'expliqua qu'elle craignait que cela ne dégénère. Et bien que je ne montrais rien sur mon visage, j'étais aussi terrifiée que celle-ci.

— Ce sont mes oignons, qui te dit qu'elle n'a pas envie d'un homme comme moi ? Hein, Jo', que diras-tu à tes parents quand ils sauront que tu t'envoies en l'air avec un moins que ri…

Brusquement, Itzel le mit à terre en lui donnant des coups. Il claqua sa tête contre le sol et hurla à en perdre la voix. Je ne l'avais jamais vu dans un tel état. Elsa, paralysée, n'osa pas bouger le petit doigt. Je me jetai sur eux et intervins dans la dispute. Je dus passer au-delà de mes peurs pour stopper cette dispute. Itzel ne supportait pas que je mette mon nez dans les affaires des autres.

— Dégage, Tom, c'est fini ! Repars dans ton coin, on reste dans le nôtre.

Ma voix parut plus dure que je ne le souhaitais. Il se releva avec difficultés et geignit de douleur. Son visage était défiguré. Surprise par son apparence, je fus estomaquée. Je retins mon petit ami, prêt à rebondir sur sa victime. Tom s'en alla d'un pas nonchalant et se tint aux cocotiers pour éviter de perdre une seconde fois l'équilibre. J'espérais qu'il aille rapidement à l'hôpital désinfecter ses blessures.

En colère, Itzel m'obligea à le lâcher et il partit se recueillir dans la jungle. Il désirait rester seul. Néanmoins, mon cœur me disait de le suivre. Je jetai un coup d'œil à Elsa qui me conseilla d'écouter mon intuition. Je lui chuchotai un merci et rejoignis Itzel jusque-là.

À l'ombre, il s'assit de manière à dissimuler sa présence à l'entrée de cette forêt exotique. Il serrait les mâchoires et les poings. J'effleurai ses blessures, mais il rejeta mon aide. Affectée par son geste, je versai une larme et me recroquevillai sur moi-même. Nous étions plongés dans une ambiance tendue.

Quelques secondes défilèrent avant que je ne sente ses bras me rapprocher de lui. Même s'il me prenait contre lui, Itzel restait froid et distant. Son esprit s'éloignait de ce lieu pour naviguer dans ses pensées. Après plus d'un mois de relation, notre première dispute éclatait et nous brisait tous les deux...

Chapitre 5

Après une grosse demi-heure assise à l'entrée de cette forêt exotique, je posai ma tête contre l'épaule d'Itzel. Il me semblait plus calmé et apaisé. Le bruit que la mer émettait avait le don de dissiper la colère ou l'énervement. C'était pour cette raison qu'il aimait tant la plage et l'océan.

Le vent nous effleura le visage et nous rafraîchit. Cachés dans l'ombre, je donnai un tendre baiser à Itzel, qui y répondit en s'excusant.

— Pardonne-moi… Je me suis énervé pour rien. Tom… me met hors de moi.

— Je comprends, ne t'inquiète pas, lui chuchotai-je à l'oreille.

Je me levai et le tirai avec moi en l'amenant plus profondément dans la forêt. Les arbustes, nous protégeant du soleil, apportaient une fraîcheur agréable. Tandis que je le guidais, il m'arrêta net et m'embrassa contre le tronc d'un arbre. Je passai mes bras autour de sa taille et me collai à lui. Ses lèvres au goût mielleux se collèrent aux miennes. À chaque fois qu'il m'enlaçait de cette manière, avec tant d'ardeur et d'envie, je perdais la tête. J'aimais sentir ses lèvres sur les miennes, sur mon corps, sur mes seins. Itzel savait comment me faire vibrer, comment m'exciter, comment m'amener au septième Ciel.

Sa main glissa dans ma culotte et nos baisers prirent plus d'ampleur, de ferveur, de passion. Je gémis quand ses doigts touchèrent mon intimité. Il m'excita et me fit perdre la tête. Nos lèvres se quittèrent et je versai la tête en arrière.

Haletante, j'en demandai encore plus. Il parsema mon cou de baisers et commença ses va-et-vient en moi. Nos respirations devinrent coupées. Je ne contrôlais plus rien. L'envie trop forte, je retirai sa main de là et abaissai son pantalon qui me laissa voir son entrejambe déjà durci par le plaisir. Je le pris en bouche, fougueusement, et m'amusai avec ma langue sur son point sensible. Il grogna et soupira en murmurant mon nom. Sa voix m'excitait, son regard m'excitait, ses doigts m'excitaient. Non. Je ne résistais pas à son charme et son charisme.

— Arrête, Joséphine, on ne va pas faire ça ici, dit-il en me stoppant dans mon élan.

Déshabillé, mais surtout ivre de désir, il se mit à genoux, à ma taille et me regarda droit dans les yeux. Je me moquais qu'on puisse nous voir faire l'amour. Tout ce que je souhaitais, c'était son bonheur, le nôtre. À ces mots, je lui souris et continuai ce que j'avais commencé à la main. Il entrouvrit la bouche pour protester, mais je l'empêchai de parler d'un simple regard. J'enlevai mes vêtements et lui offris mon corps.

Avant qu'il n'ait le temps de réagir, je me mis sur lui à califourchon et geignis de plaisir. Itzel, impatient, échangea nos positions, enfila le préservatif qu'il gardait dans sa poche et me versa des coups de reins de plus en plus rapides et violents. Je n'avais pas de draps à disposition, ni quoi que ce soit pour retenir mes cris. J'étais certaine que les personnes sur la plage pouvaient nous entendre. Ses mains me parcoururent et s'attardèrent sur mes seins, en particulier mes tétons. Je sentis le plaisir s'intensifier à chacun de ses coups, à chacun de ses souffles frôlant ma nuque. Nos corps basculaient à l'unisson. Nous ne faisions qu'un.

Lui,

Moi,

Nous.

Ne sachant où donner de la tête, je resserrai mon étreinte. Itzel se défoula et répandit toute sa colère dans ses va-et-vient. Ils furent plus secs, plus directs, plus profonds… Je ne lui en voulus pas, au contraire, cela rendit l'action plus excitante et savoureuse. Je ne tardai pas à jouir et à crier son nom en même temps. Il me suivit de près et se perdit en moi, puis s'écroula. Nous étions tous les deux essoufflés. Tout s'était déroulé si vite. Collés l'un à l'autre, nous fûmes silencieux. Je brisai le silence en riant, couchée sur le sable. Itzel, allongé sur mon corps, déposa un baiser au creux de mon cou et se releva.

— Vivre avec toi, c'est partir à l'aventure, me dit-il en remettant son caleçon.

Je lui fis un clin d'œil et me rhabillai aussi. Nos différences, nos douleurs, mais surtout nos envies rendaient notre amour plus fort.

— Je sais, mais tu n'as encore rien vu ! plaisantai-je.

Sur ce, il me tendit ses bras que j'acceptai volontiers. Alors que j'étais tranquillement protégée contre lui, une forme, ancrée dans l'arbre, attisa ma curiosité. Je la montrai à mon petit ami qui redevint plus sérieux et concentré. Nous nous lâchâmes et allâmes voir ça de plus près. Une coquille Saint-Jacques était coincée dans la sève de cet arbre. Je fronçai les sourcils, étonnée, et Itzel fit de même.

— C'est quoi cette merde ?

En plus d'avoir cette coquille en lui, elle n'était pas droite, mais penchée sur la gauche et constituait un C.

— Tu ne trouves pas ça étrange qu'elle soit sur le côté ?

Je lui expliquai ce que je voyais, avec précision et il claqua des doigts comme s'il avait une idée de ce que c'était.

— Ce qui est étrange, c'est qu'elle soit dans cet arbre comme si la magie existait.

Il réfléchit deux minutes avant de me crier :

— Calypso ! Ohhhh, on a trouvé un indice, Jo' ! s'exclama ce dernier, joyeux.

Il sautilla et m'entraîna avec lui dans sa petite danse de la victoire.

— Tu en es certain ? lui demandai-je, perplexe.

— Oui ! Viens, on va vérifier dans le bouquin que j'ai acheté sur le bateau. On y voit certains lieux qu'ils ont pris en photo avec une explication rationnelle.

Je le suivis en longeant la plage, les pieds dans l'eau. Elsa n'était plus sur le sable et avait disparu. Peut-être qu'elle faisait les boutiques ou qu'elle visitait les environs ? Je ne me préoccupais pas de son absence pour m'empresser de rejoindre l'hôtel accompagnée d'Itzel. Quand nous entrâmes dans le bâtiment, j'escaladai les escaliers aux côtés de mon acolyte. Nous désirions tous deux connaître la vérité et éventuellement résoudre le mystère sur cette légende ! J'ouvris la porte de la chambre brusquement et cédai le passage à mon petit ami pour qu'il puisse prendre son livre. Je refermai derrière moi et m'assis à sa droite. Il feuilleta les pages avec hâte. Je ne sus lire un mot de ce qui était écrit avant qu'il ne s'arrête sur l'une d'elles.

Les signes lâchés par Calypso.

Calypso, sirène maudite, ne fut pas aussi bête que l'homme ne le pensait. Elle abandonna sur son passage plusieurs objets reliant son histoire afin qu'Alejandro puisse la retrouver sur l'île à son retour. Comme les connaisseurs le savent, Alejandro n'est jamais revenu. Les signes sont donc encore à leur place dans le monde entier et bien qu'on les ait repérés, cela n'a rien changé. Nous n'avons toujours pas décelé le secret qu'elle cachait ! Via nos recherches, nous pourrons vous montrer les multiples signes que nous avons trouvés au travers du globe. Évidemment, nous ne sommes que des admirateurs de la légende, donc nos recherches ne sont pas vérifiées par des experts. Dès que nous étions en voyage et que nous apercevions ce qui pouvait relier Calypso et Alejandro, nous le prenions en photo.

Je poursuivis ma lecture et distinguai les multiples lieux du monde. Ils avaient été jusqu'à Londres… C'était irréaliste et impossible que Calypso ait pu abandonner ses indices aussi loin d'Hawaï. Je me rappelais alors qu'elle découvrit son bien-aimé en Angleterre dans les bras d'une autre. Bien sûr que ça allait aussi loin, elle souhaitait l'atteindre. Je pris le livre des mains de mon petit ami, ce qui d'ailleurs l'irrita légèrement, et tournai les pages jusqu'au moment où je croisai notre coquille Saint-Jacques. Je la pointai du doigt en poussant Itzel, afin qu'il observe ce que j'avais trouvé. Nous lûmes ensemble les petites phrases écrites en dessous de la photo :

Voici la Coquille Saint-Jacques qui permit à Alejandro de trouver Calypso à sa première venue sur l'île. La légende raconte que la sirène chuchotait ses secrets à ce coquillage, qui les absorbait et en créait une substance vénéneuse. Si Calypso n'avait pas été présente ce jour-là, le pirate serait mort paralysé. D'un seul baiser, elle le délivra de toute souffrance et de toute peine

que lui causait le venin. La coquille Saint-Jacques est
toujours penchée sur le côté en forme de C pour rappeler
à quiconque que seule Calypso, beauté sans pareil, peut
vous aider et vous sauver de votre malheur.

Je relis plusieurs fois le texte. Je n'avais jamais entendu
parler de cet événement.

— Tu penses qu'on a bien...

— Oui, c'est le bon, Jo' ! Je me demande ce qu'on pourra
trouver d'autre à son sujet, se plaignit-il en rangeant son
livre.

Il se jeta dans le lit pour s'allonger. Il se reposait sans me
lâcher des yeux. Fixant le vide, je réfléchis et me plongeai
dans mes pensées. Cependant, Itzel m'interrompit et me
tendit un petit papier plié en deux.

— C'était sur ton oreiller, Joséphine...

Je le pris et l'ouvris. Il n'y avait que des surprises
aujourd'hui !

Jo',
Je rentre France, car mon père est gravement malade.
Il a été hospitalisé hier après un accident de voiture. Je
n'ai pas hésité et j'ai fait mes bagages. Pardonne-moi ce
départ précipité... Je t'aime, à bientôt.

Merde. Si Elsa perdait son père, elle perdrait toute
joie de vivre. Choquée par la nouvelle, j'attrapai mon
téléphone et essayai de l'appeler, mais ce fut inutile. Elle
devait certainement être dans l'avion à cette heure-ci... Je
me sentais coupable de l'avoir délaissée pour m'amuser
avec Itzel. Elle avait besoin de moi, de mon réconfort et
je n'étais pas là. Je décidai de lui envoyer un message et
lui demandai pardon. Ma mère avait raison... Quand un

homme entrait dans notre vie, il était difficile de jongler entre amitié et amour.

Itzel tenta de me rassurer et m'expliqua que ce n'était pas de ma faute. Cependant, ça ne sortait pas de mon esprit. Elsa était partie, Elsa n'était plus là, Elsa était surtout triste. Je voulais la rejoindre en France, mais si je la suivais, elle me passerait un savon. Je la connaissais très bien et je savais que dans ce genre de moment, ma meilleure amie avait besoin d'être seule, isolée de tous, pour digérer la nouvelle.

— Elle t'appellera quand elle sera prête, Jo'… Laisse ton téléphone en vibreur sur la table de nuit, ça ne sert à rien de surveiller l'écran.

Je le déposai à contrecœur et écoutai Itzel. Après tout, il y avait plusieurs heures d'avion entre l'Amérique et l'Europe. Il avait raison. Je ne l'aurais pas maintenant au téléphone, ni après… Elsa ne reviendrait vers moi qu'une fois son père guéri…

Chapitre 6

Calypso

Je longeai la plage en pensant aux événements passés. Depuis quelques jours, je ne me sentais plus très bien, plus aussi en forme. Est-ce que je payais maintenant mes péchés ? Ou était-ce par pur hasard ? Non, je ne croyais pas au hasard. Il y avait toujours une raison qui menait à une conclusion. Les énergies de cette île changeaient et se bousculaient. Elles ravivaient mes douleurs et éveillaient en mon cœur l'amour que je ressentais pour Alejandro. Maudit soit cet homme. Répugnant et profiteur... Plus les jours défilaient, plus les envies de le sévir prenaient possession de mon esprit. Et si je brisais le silence de l'océan, afin qu'il puisse écouter les doux cris de sa femme sous l'emprise de la souffrance, de la torture, du châtiment ?

Les animaux autour de moi s'irritaient facilement et se cachaient, comme si une personne arrivait à grands pas sur Hawaï. Peut-être était-elle déjà présente ?

Les cheveux au vent, j'observai ma peau scintiller à la vue du soleil. Aucun homme ne pouvait me voir et me saluer sans plisser les yeux, ou sans se les protéger. Le sort que les Dieux m'avaient infligé était le pire de tous. Je leur en voulais tant, parce que celui d'Alejandro restait paisible et supportable. J'aimerais tellement avoir la capacité de dormir, de manger, d'aider...

Oui, j'aimerais tellement pouvoir aimer mon prochain et toutes les créatures vivantes. Le cœur noirci par la haine et la vengeance, je détestais quiconque qui croisait mon chemin. Je sentais mon cœur battre, mais surtout se dépérir, se consumer. Il était fatigué de ces années passées dans la douleur, dans le martyr, dans l'indifférence. Il n'aimait plus et attendait patiemment que le sort soit levé, pour à nouveau se nourrir d'affection.

Être sirène était une épreuve, un combat à part entière, car les humains me prenaient pour un stupide poisson. J'étais une bête de cirque, une créature que la science n'hésiterait pas à tester. Alors qu'en réalité, je détenais une partie de l'homme en moi et une partie de la mer. L'océan si calme et si serein qui comptait des millions de vivants, comme sur terre.

La tête baissée, je jouai avec mes pieds et les traînai dans le sable tiède. Je ne savais que faire contre mes pressentis. Une inconnue avait posé le pied sur Hawaï, une inconnue différente et dangereuse pour ma personne.

Mes blessures se rouvraient d'une manière trop violente, trop brusque, pour que je ne m'inquiète pas. Le comportement de tous se modifiait... Les vagues s'agitaient et se violentaient au travers des bourrasques de vent. Je jetai un coup d'œil vers l'horizon et imaginai Alejandro revenir sur son bateau, me suppliant de le pardonner.

Soudain, alors que je me promenais calmement, une voix vint me chuchoter à l'oreille le prénom d'une femme. Joséphine. Des flashs envahirent mon esprit, celui de ma coquille Saint-Jacques, celle que j'ai emprisonnée dans un arbre. Je perdis l'équilibre et m'écroulai au sol. Une main, des mains, frottaient ma coquille. Ils essayaient de me la piquer, de me la voler ! Des voleurs, des étrangers qui ne représentaient que le danger à mes yeux ! Une souffrance arrachait mon cœur, le déchirait, le torturait. Une douleur atroce, poignante et cruelle. Qui avait donc l'audace de

chercher Calypso ? Celui qui jouera avec le feu se brûlera !
Les voix, les voix de ces personnes se firent de plus en plus
distinctes.

*C'est quoi cette merde ? Tu ne trouves pas ça étrange qu'elle
soit sur le côté ? Calypso ! Ohhhh, on a trouvé un indice, Jo' !*

Jo' ? Était-ce de Joséphine dont cet homme parlait ?
C'était elle ! Elle, l'étrangère qui causerait ma perte.
Rebellée et prête à y faire face, des écailles formèrent une
armure autour de mon cœur. Mes veines devinrent plus
noires, telles les ténèbres. Quant à mes yeux, ils virèrent au
rouge vif, rouge comme le sang, rouge comme la couleur
de la *vendetta* ! C'était un signe, un signe que cette femme
me menaçait. Elle possédait les mêmes origines que les
miennes, et détenait donc des dons similaires aux miens.

Je fis les cent pas, à la recherche d'une solution pour
mettre cette petite peste qui viendrait jusqu'à moi hors
d'état de me nuire. Je devais lui préparer une surprise, un
accueil mémorable, une entrée des plus folles.

La respiration lourde, je retournai dans mon antre où
je pourrais concevoir et élaborer mon plan. Si cette femme
arrivait à se rendre jusqu'ici, j'étais cuite. Elle connaissait
certainement Alejandro et son équipage. Elle essayerait
peut-être de les libérer et de m'emprisonner moi !

Non.

Non.

Je ne me laisserai pas faire ! Je ne me laisserai pas battre
par une humaine, une femme obsédée par l'argent et le
pouvoir, tel est le malheur de tous les hommes sur terre.

Le temps commença à tourner et les nuages prirent
place dans le ciel. Le vent se leva, ce qui fit fuir certains
animaux. Trop énervée pour réfléchir, je perdis mes idées
et ne sus continuer de cette manière. Je ne savais plus

où donner de la tête. Décidée, je courus vers l'océan et plongeai à l'intérieur pour retrouver mon élément, mon petit paradis. L'eau se colla à moi et par surprise, je lâchai un cri. Les écailles de mon corps sortirent de ma peau et s'attachèrent les unes aux autres pour former ma queue. Dans l'eau, tous mes soucis, mes craintes et le mauvais temps de l'extérieur disparaissaient.

De toute façon, si cette Joséphine n'avait trouvé que mon coquillage, elle était encore loin sur le chemin. J'avais des heures, des jours d'avance pour étudier mon plan d'attaque.

Mes dents, à présent plus pointues, terrifiaient les espèces. Mon apparence était hideuse, loin de celle d'une véritable sirène. Je ne possédais plus cette beauté, ce charme sous lequel tous les hommes tombaient.

Je me regardai dans le reflet d'un morceau de miroir coincé au fond de l'océan et fus répugnée par mon image. Au moins, cette inconnue aura peur de moi et ne me défiera pas.

Je me rassurai en me disant que seule la mort me libérerait de mon sort, mais seule la mort briserait aussi à jamais mon âme damnée. Que devais-je donc choisir ? Soit je vivais dans le malheur et le dégoût, soit je mourrais dans le risque de perdre mon âme. La peur, la peur de l'autre porte, de l'autre côté, voilà ce qui me bloquait réellement.

Les Dieux savaient que je ne partirais pas de moi-même, qu'une personne devrait me tuer pour que je monte au ciel.

Je voyageai plus loin et fis le tour de l'île où j'aperçus certains touristes, tous aussi ignorants les uns que les autres. Par ce temps catastrophique, qui se transformait en pluie, la plupart s'étaient déjà réfugiés dans les bars et les cafés. Peut-être aurais-je la chance de voir à quelques mètres l'élue qui se battra contre moi, l'élue qui libérera Alejandro de la boucle, l'élue qui me prendra mon immortalité...

Oui, l'élue sera à la fois bénie, mais aussi maudite. *Devenir une sirène n'est pas toujours une bénédiction...*

Chapitre 7

Joséphine

J'allumai mon ordinateur pendant que mon petit ami crapahutait au-dehors, bien décidé à engranger toute une série de clichés du coquillage, afin que nous puissions les agrandir sur le PC. Nous étions déterminés à en savoir plus sur cette histoire. À travers les fenêtres ouvertes, le vent venait, rafraîchissait la pièce quand je me sentais trop oppressée.

Tapant sur les touches de l'ordinateur, j'effectuai mes premières recherches et cliquai sur la page qui me semblait la plus intéressante. *Que savons-nous sur les créatures fantastiques ?* Je descendis jusqu'à la fin de l'article qui parlait spécialement des sirènes.

> *Les sirènes, présentes depuis toujours dans nos contes enfantins, font encore aujourd'hui rêver les petites filles. Cependant, sont-elles vraiment réelles ? Contes et Légendes l'affirment et ne cessent d'insister sur leur existence. Il serait ainsi fort possible de les apercevoir lors des croisières, tandis que les navires traversent l'océan. Les sirènes rafoleraient de petits poissons et d'endroits paisibles.*
>
> *À mi-chemin entre la femme et l'animal, les scientifiques les qualifient de poissons, voire de reptiles. Souvent symbolisées par une queue couverte d'écailles et une poitrine nue ou dissimulée sous des coquillages, leur origine remonte à des millénaires, au temps des*

dragons. Avant que l'Homme ne les traque, leur nombre important les plaçait au cœur de l'écosystème marin.

Malheureusement, notre violence les a fait fuir. La plus connue de ces créatures est appelée Calypso. Si tant de monde la connaît sous ce nom, c'est grâce à son histoire ! Plusieurs endroits ont gardé ses marques. Tout d'abord les coquillages, mais en particulier les chants. D'après plusieurs rumeurs, l'homme qui entend chanter la sirène est un homme maudit qui devra à jamais suivre cette dernière pour se sentir apaisé.

Je quittai le site, ennuyée par ma lecture, et en choisis un autre. *Monde féerique et ses secrets.* La mise en page était soignée et la police d'écriture douce. Je cherchai la rubrique qui concernait mon sujet. Je vis plusieurs espèces passer dans la liste ; *Fées, Elfes, Sorcières, Dragons, Élémentaux, Vampires, Loups-garous, ...* Ce ne fut qu'en dernier que je trouvai ce que je voulais.

L'océan a toujours été habité par des créatures qui nous sont inconnues. Cependant, l'une d'elles a accepté de se montrer, les sirènes. Vivant en groupe, celles-ci mesurent deux mètres.

Attention toutefois à ne pas les déranger sous peine de subir leur colère. Le message qu'elles font passer est très clair : vis dans le présent et entre dans les profondeurs de l'Océan. Viens chercher le trésor de la connaissance et retourne à la surface pour le partager avec la lumière.

L'homme l'a toujours aperçue à moitié humaine et à moitié poisson. Vous vous en doutez, ce n'est pas leur apparence. Elles peuvent quitter l'eau et changer leur queue en jambes. Si on peut appeler cela une queue...

Les sirènes préfèrent dire « le tronc du corps » qui respecte plus leur aspect. Elles accordent beaucoup d'importance au respect, à la gentillesse, au partage et surtout à la vie sans humains. Les Hommes les ont tellement maltraitées en mer que les sirènes refusent notre présence.

Déçues par l'image qu'on leur imposait, elles s'excusent pour les accidents en mer. En réalité, leur geste a été mal compris par les humains. Elles ne désiraient pas les draguer, ni les tuer, mais les aider à s'en sortir. Les marins s'aventuraient trop loin et cela s'avérait dangereux en cas de tempête. Les sirènes ont simplement apporté leur aide.

Soudain, alors que je lisais calmement, j'entendis la porte d'entrée claquer. Je sortis de ma lecture, souriante et dis :

— Tu as bien été rapide ! Viens mettre les photos sur l'ordinateur qu'on en sache plus, fis-je en quittant la page *Google*.

Cependant, personne ne me répondit. Je balayai la scène du regard et réalisai que j'étais seule. Avais-je rêvé ? Je me levai, intriguée, et vérifiai au balcon s'il n'y avait personne.

Non. Itzel n'était toujours pas revenu. Je fronçai les sourcils et retournai à mes occupations. À l'instant même où je m'assis, je sentis une présence dans mon dos. Son souffle était court et ses pas lourds.

— Comment vas-tu, Joséphine ?

Je reconnaîtrais cette voix entre mille, celle de Tom, celle de ce fou. Je lui fis face et déglutis. Son allure était toujours aussi misérable et laissait à désirer. Il n'avait pas dormi de la nuit et les cernes sous ses yeux paraissaient énormes.

Je me pinçai les lèvres et réfléchis rapidement à une solution. À renifler son odeur nauséabonde, je devinais qu'il avait encore bu. Malheureusement, je n'avais aucune sortie à part la porte où Tom se tenait, debout, un sourire arrogant sur le visage.

— Je… Je vais bien et toi ?

Je répondis d'une voix brisée et cherchai à tâtons de quoi me protéger. J'avais vu sa violence au restaurant et je savais de quoi il était capable. Nous étions seuls et, à ce moment de la journée, tous les touristes de l'hôtel étaient soit dans la piscine, soit en ville.

— Disons que j'ai été légèrement irrité par ton comportement l'autre fois.

Je me rappelai tout, chaque détail, chaque mot sorti de ma bouche. Je baissai la tête et me grattai la nuque, gênée et intimidée par sa présence.

— J'espère que tu sais comment te faire pardonner, murmura-t-il en s'approchant de moi.

J'avalai avec difficulté ma salive et priai pour qu'Itzel revienne rapidement de son activité. Je me sentais honteuse de ne pas pouvoir réagir face à cette situation délicate. Il était ivre, soit violent et incontrôlable. Je ne pouvais pas appréhender ses réactions.

Le parfum émanant de son corps empestait la vodka. Je remarquai, en l'observant, qu'il ne s'était pas rasé depuis quelques jours, ce qui lui donnait une apparence minable.

— De quoi parles-tu ?

Je tentai de faire diversion, de le distraire en marchant dans la pièce. Nous tournions en rond et ce dernier me dévorait du regard. Habillée court, je regrettai ma tenue qui dévoilait mon corps.

— Tu sais très bien ce que je veux dire, répondit Tom en haussant la voix.

Brusquement, il m'attrapa par les poignets et m'obligea à lui faire face en criant à quel point il était en colère. Je grimaçai et les larmes me montèrent aux yeux. Ses lèvres se pressèrent avec force sur les miennes, en forcèrent le barrage, et je n'eus que le temps d'espérer le mordre avec rage avant que sa langue s'insinue dans ma bouche. Les effluves d'alcool mêlés à son souffle âpre, nos dents qui se cognaient, son haleine, tout cela finit par me donner la nausée. Prise d'un haut-le-cœur, je le repoussai du mieux que je le pouvais, consciente de sa force supérieure à la mienne. Sans que je ne parvienne à l'en empêcher, il me souleva pour me pousser sur le lit, tel un déchet. Ahurie, déboussolée, terrifiée, je n'étais toutefois pas idiote au point de ne pas savoir ce qui m'attendait lorsqu'il m'écarta les jambes pour s'insinuer à l'intérieur. La simple vue de son visage, si proche du mien, combinée à la sensation de son pantalon rugueux contre la peau nue de mes cuisses me fit perdre toute notion du danger. C'était lui ou moi. Je le frappai, essayant de me défendre avec toutes les forces qu'il me restait encore. Tom posa alors sa main sur ma bouche, brutalement, et chuchota :

— Tu vois, Joséphine, la prochaine fois, tu sauras avec qui on fait sa pute !

Prise de sanglots, je hurlai de douleur quand le premier coup s'abattit sur mon visage. Ses mains se faufilèrent sous ma culotte pour tenter de la retirer et je me mis à gesticuler, le repoussant de mes mains et de mes pieds. Mes ongles lui arrachèrent la peau, et d'un coup sec, je parvins à le mordre.

— Arrête de gigoter ! cria Tom, les yeux écarquillés.

Je sanglotai, traumatisée, et le frappai au torse. Il émit un rire sinistre et me gifla violemment. La douleur me déchira le cœur et intensifia ce sentiment de répugnance. Je me sentis sale, sale d'être touchée de cette manière par cet homme, par cet inconnu.

À chaque fois qu'il était saoul, il devenait dangereux. Tandis que je le rejetai, la vue floue et le corps à moitié nu, Tom vola au travers de la pièce et atterrit contre le mur, juste à côté du balcon. Itzel était de retour et le battait à coups de poing. Paralysée par la peur, je m'écroulai au sol et cachai ma peau avec la couverture. J'étais honteuse, honteuse de ne pas avoir la fermeté pour me défendre.

Mon petit ami le frappa avec une violence inouïe qui m'étonna. Je regardai le visage de Tom se couvrir de sang. Je ne ressentis aucune pitié pour lui, mais au contraire, une certaine satisfaction à le voir dans un tel état.

Recroquevillée sur moi-même, Itzel revint vers moi quand Tom fut assommé par les coups.

— C'est tout, je suis là. Je suis tellement désolé d'être parti si longtemps… Je, je ne pensais pas que Tom viendrait.

Il m'enveloppa de ses bras et nous restâmes comme ça pendant plus d'une heure. Mes larmes cessèrent de couler, mais en vain, je n'osai plus me déplacer. Le corps de Tom était au centre de la chambre, gisant dans son propre sang.

— J'ai… J'ai eu si peur, dis-je en reniflant.

Itzel me tendit un mouchoir et j'en profitai pour me décrasser. J'étais apeurée et si heurtée. Je n'arrivai pas encore à y croire ni à réaliser.

— Je sais, Jo', mais je ne le laisserai plus t'approcher. C'est fini…

Sur ces mots, je resserrai notre étreinte et me réfugiai dans ses bras. Je fermai les yeux et me permis de me reposer. Je m'étais tant débattue que je n'avais plus aucune énergie.

— Dors, Joséphine, je reste près de toi, me chuchota-t-il.

Je l'écoutai puis, petit à petit, tombai dans un sommeil profond. Si Itzel n'avait pas été là, Tom serait arrivé à ses fins, Tom m'aurait détruite et aurait brisé toute confiance en moi. Heureusement qu'Itzel me protégeait autant, car sans lui, je n'aurais pas survécu.

*

Tom

J'ouvris les yeux avec difficulté et fus aveuglé par une lumière blanche intense. Je m'abaissai le temps de m'habituer à la clarté, puis aperçus Itzel, le visage dur, les bras croisés et le regard noir, devant moi. Je voulus protester, ou simplement m'expliquer, mais une douleur ardente s'éveilla. Je grimaçai et me pliai en deux. Ma tête, mon ventre, tout m'infligeait une souffrance insupportable. Pendant que je soufflai dans l'espoir de dissiper la douleur, ce dernier me coupa et me tendit des papiers ; un billet de retour pour la Belgique. Je le regardai d'un air ahuri et n'eus pas le temps de prononcer quoi que ce soit qu'il me répondit :

— Tu dégages et tu retournes dans ton pays, ou je déclare à la police l'agression sexuelle envers Jo'.

Merde. Je me souvins soudain de ce qu'il s'était produit. Le bar, les putes, l'alcool que j'avais englouti et ma venue dans sa chambre. J'avais merdé. Évidemment, j'étais conscient de ma violence quand j'étais saoul. Cependant, je ne me contrôlais plus.

À croire qu'une autre âme prenait possession de mon corps le temps que l'alcool fasse son effet.

— Mais je…

— Il n'y a pas de mais ! siffla Itzel entre ses dents. Je te promets que je te tue si je te vois encore lui parler. Tu en as fait assez… Ton avion embarque déjà les passagers, alors tu ferais mieux de partir. Remercie Jo' de te l'avoir payé, elle en a assez de toi.

Je ne ripostai pas et suivis son conseil. De toute façon, je n'étais plus en état de répliquer. J'étais vidé de toute énergie, de toute force. Les hématomes enveloppaient ma peau. Je me levai et Itzel fit glisser ma valise jusqu'à moi.

— Adieu, pourriture, dit-il en se dirigeant vers la sortie.

Je l'observai quitter la pièce tandis que tout le monde me jetait des regards interloqués. Mes vacances de rêve s'étaient changées en un enfer enflammé. À présent, j'avais tout gâché. Mon amitié avec Elsa et celle avec Joséphine. Tout était terminé, tout était fini, et ce, à cause de ma dépendance envers l'alcool.

Je m'en voulais tellement, mais d'un côté, j'étais heureux de me barrer d'ici. La Belgique me manquait et puis, là-bas, je retrouverai mes potes et en particulier ma petite amie. J'avais menti à tout le monde en déclarant mon célibat. Au départ, je souhaitais juste m'amuser avec ces filles, mais cela avait viré au cauchemar. Tant pis. Pour l'instant, je devais juste me grouiller et inventer une excuse. Si ma famille demandait quoi que ce soit par rapport à mes marques, j'étais fichu. Il me fallait au plus vite des excuses…

— Votre attention s'il vous plaît. L'avion en direction de Bruxelles va bientôt décoller. Veuillez embarquer le plus vite possible.

Je m'empressai de rejoindre la douane. Oui. Les vacances à Hawaï se finissaient en désastre. J'avais dépassé les limites et je ne me reconnaissais même pas dans ce que j'avais commis. Depuis le début, je le savais, je savais que cette île était *maudite*.

Chapitre 8

Joséphine

Nue dans le lit, Itzel m'avait réconfortée toute la nuit. J'avais la tête posée sur son torse et j'écoutais son cœur battre. Quant à lui, il me caressait le dos et m'embrassait le front en me tenant bien contre lui. Je n'osais plus me déplacer, car nous étions bien mis dans le lit. J'aimais cette chaleur qui se dégageait de son corps et qui me réchauffait.

Je me relevai un peu et plongeai mon regard dans le sien. Il me sourit. Je souris et lui donnai un baiser mielleux.

— Je t'aime, tu sais, lui murmurai-je en retirant mes lèvres des siennes.

— Je t'aime aussi, Jo', fit-il en m'embrassant passionnément.

Je répondis à son baiser et resserrai mon étreinte contre lui. À ses côtés, je me sentais si belle et si différente. Jamais un homme ne m'avait offert de telles sensations. Quelques minutes passèrent au milieu du silence.

Nous entendions le bruit des vagues et les cris de joie des touristes sur la plage. Alors que je rêvassais sur les premiers jours à Hawaï, Itzel vint se positionner au-dessus de moi en me dévorant du regard.

— Je dois te dire quelque chose, Joséphine… chuchota ce dernier, timide.

Je mis mes mains sur son visage et les passai dans ses cheveux. Ils étaient si doux et soyeux. Itzel était un homme très beau. J'arrivais à peine à croire qu'il puisse s'intéresser à moi.

— Qu'est-ce qu'il y a ?

Ma voix trembla légèrement. J'esquissai un sourire pour le rassurer, puis humidifiai mes lèvres. Je me demandais bien à quoi il pensait. Que voulait-il m'expliquer, m'avouer ? Mon petit ami était insaisissable.

— Je… Je t'aime.

Des larmes chaudes perlèrent sur ses joues. Inquiète, je le pris dans mes bras et essuyai ses sanglots de baisers.

— Je le sais ça, Itzel… Quelque chose ne va pas ? insistai-je, pour connaître la raison de ses pleurs.

Mon cœur battait à cent à l'heure. J'étais effrayée, effrayée à l'idée qu'il ne me quitte. Sinon pourquoi serait-il en train de sangloter ? Cela n'avait aucune logique et, surtout, cela ressemblait aux scènes de rupture dans les films.

Je ne désirais pas finir seule mes vacances, je ne voulais pas qu'il me laisse, je ne souhaitais pas qu'il me quitte. Non. La douleur serait trop forte, trop puissante. Elle me déchirerait le corps et, en particulier, elle anéantirait tout espoir d'amour au fond de moi. Itzel était le seul homme auquel j'étais vraiment attachée, que j'aimais d'un amour incontrôlable. J'aurais tout fait pour lui, comme il aurait tout fait pour moi.

J'obligeai celui-ci à me répondre dans les plus brefs délais. Non. Non, il ne pouvait pas m'abandonner maintenant. C'était impossible à mes yeux. Les pires craintes vinrent terrifier mon esprit. Apeurée, je laissai un sanglot m'échapper, mais repris aussi vite le contrôle sur mes émotions. Peut-être que toutes ces peurs venaient de mon imagination, peut-être que tout cela n'était qu'un cauchemar ? Qu'allait-il donc me dire ?!

— Tu ne comprends pas. Je t'aime d'un amour inexplicable. Jamais une femme ne m'a donné autant d'amour et de confiance. Ce sentiment… il est si ardent qu'il pourrait me détruire à la moindre fissure dans le verre, à la moindre étincelle… J'ai peur, peur que tout se brise en un instant à cause de mes sautes d'humeurs, à cause de ma famille, mais principalement, à cause de ma personne. Je n'ai rien à t'offrir, à part mes sentiments et ma présence. Tu le sais, depuis le début, je n'ai pas autant d'argent que tes parents ou tes ex. Je ne suis qu'un caissier qui est amoureux d'une grande avocate. Cela me semble impossible… et irréalisable. Tes parents ne voudront pas de moi, je ne suis qu'un raté, mais si tu m'acceptes comme je suis, je te promets de te rendre heureuse comme tu ne l'as jamais été. Je sais que j'en suis capable et je ferai tout pour te plaire. Tu… Tu as éveillé cette flamme en mon cœur qui me fait vibrer.

Quand j'entendis tous ces mots merveilleux, j'éclatai en sanglots et parsemai son visage de bisous. Ce qu'il disait était si beau, si poétique. Sa déclaration m'abasourdit et me coupa. Je le serrai fort contre moi, contre ma poitrine. Itzel était mon petit ami et je priai pour qu'on puisse tenir le plus longtemps possible.

— Je crois en toi, Itzel, en ton amour et en tes capacités. Caissier ou médecin, qu'est-ce que ça change ? L'argent ne m'a jamais aidée… Au contraire, il a rendu fous mes parents qui ne pensent qu'à ça et ne jurent que par le salaire. Je ne laisserai rien nous séparer, que ce soit nos parents ou tes sautes d'humeur. Je ne suis pas facile à vivre non plus, mais je t'aime et c'est le principal. L'amour surpasse notre colère…

Nous restâmes là, fous amoureux, dans le lit sans bouger, l'un dans les bras de l'autre. Tout ce qui se produisait était si formidable. J'en perdais mes mots et mon souffle. Je ne savais plus quoi dire à part merci.

Merci pour tout ce que tu fais.

— J'aimerais te présenter à mes parents et peut-être aussi à ma sœur que tu as déjà eu la chance de voir, dit-il en baissant la tête, honteux.

Je sortis du lit et le tirai avec moi pour que nous soyons debout, face à face.

— Ne sois pas aussi gêné… C'est avec plaisir que je les rencontrerai !

Je sautai de joie et lui prouvai tout l'amour que je ressentais pour lui. Mais en vain, Itzel ne rigolait pas, il hocha simplement la tête et fixa le vide. Je finis par le chatouiller et ce dernier rit aux éclats. Son rire émit un son mélodieux et très agréable à écouter. Alors que nous étions heureux et épanouis, mon téléphone vibra trois fois. J'avais reçu un message. Je jetai un coup d'œil et Itzel se demanda qui pouvait bien nous appeler aussi tôt. Je le lâchai, fronçai les sourcils et pris mon mobile en main. Elsa avait, tout compte fait, envoyé un mail en me suppliant de ne pas y répondre ni de revenir en France. Troublée, je l'ouvris et le lis en compagnie de mon petit ami.

Jo',

Je suis navrée de te l'annoncer et mon cœur est brisé à jamais. Papa est mort. Je ne veux pas y croire ni en parler. J'ai l'impression qu'il est encore présent, qu'il est toujours à mes côtés, pour moi, à me conseiller, à m'aider dans n'importe quelle situation. Je me sens vide, vide d'émotion et d'envie. La souffrance m'arrache au bonheur et je ne désire pas être heureuse, car papa n'est plus là. Qu'est-ce que je vais faire ? Maman aussi est effondrée. C'est un choc pour toute la famille et je refuse qu'on ait de la pitié pour nous. Ne viens pas en France et ne m'appelle pas. Je veux être seule, isolée de tous. Et c'est pour cette raison que je pars au Japon. Le pays que Papa rêvait de visiter. Je m'y rends pour un long moment. Je ne veux plus repenser aux souvenirs du passé, ceux auxquels je suis trop attachée pour ne pas m'écrouler à mon tour. J'essaye de tenir bon, de ne plus pleurer la nuit, mais c'est trop difficile. Je dois partir et je pars loin. Prends soin de ma famille quand tu seras de retour. Je compte sur toi et je t'aime.

À bientôt, ou adieu, je ne sais que te dire et quand je reviendrai... J'ai besoin de faire mon deuil seule.

Elsa

Itzel et moi nous assîmes, sous le choc. Il était décédé. Je n'avais pas été à ses côtés pour la réconforter, pour la consoler ou pour la rassurer. Je l'imaginais très bien, pleurant, assise contre le mur, effondrée, écroulée et détruite. Son père représentait tout pour elle, la gentillesse, la protection, la bonté…

Il l'adorait, il se débrouillait toujours pour la rendre heureuse et que le sourire d'Elsa soit sur son visage. Cette triste nouvelle plomba l'ambiance et nous rendit tristes.

Brusquement, un orage éclata dans le ciel et il plut violemment. Était-ce un hasard ? Non, il n'y avait que le destin. Cette pluie symbolisait l'humeur d'Elsa et la grisaille en nous tous. J'avais vraiment envie de la rejoindre. Cependant, je respectai son choix. J'attendrai un nouveau mail pour en savoir plus.

— On ne peut rien faire, Jo', elle doit faire son deuil à sa manière…

— Mais je ne serai pas là pour la protéger, murmurai-je, attristée.

— Si, tu seras dans son cœur, dans ses pensées. Laisse-la faire le vide. Elle rentrera vite, tu verras.

J'éteignis mon téléphone et soufflai. Oui. Elle rentrera, à condition qu'elle en ait la force. À condition qu'elle en ait l'envie et le désir… Connaissant Elsa, j'étais sûre qu'elle était partie pour un an, voire plus, mais ma meilleure amie reviendra plus forte, plus mûre. Je croyais en elle.

Oui, Elsa, je crois en toi et je sais que tu pourras y arriver.

Je jetai un regard vers le ciel gris, rempli de nuages où les éclairs se formaient. Peut-être qu'au Japon, elle trouvera son bonheur et sa voie…

Chapitre 9

Elsa

Ce jour-là, il pleuvait des cordes. J'étais décomposée et, depuis des heures, mes pleurs coulaient à flots sur mes joues. Les yeux rougis et gonflés par mes sanglots, je regardai attentivement le cercueil de mon père. Je ne voulais pas y croire, il était si jeune.

Mon cœur, décomposé, cassé en mille morceaux, se serra et intensifia la douleur du deuil. Celle de la réalité, celle de l'absence.

La famille, les amis et les collèges entouraient le cercueil. Nous étions tous fatigués par la mauvaise nuit que nous avions passée. Nous ne désirions pas le laisser partir, sous terre, seul, abandonné. Je tenais une fleur à la main et tremblai suite à la douleur qu'infligeait le deuil.

Maman déposa sa main sur la mienne et je me réfugiai dans ses bras. Je pleurai, la tête sur son épaule. Nous étions tous pris de court par cette mort soudaine. La mort pouvait toucher tout le monde, à n'importe quel moment. Cependant, nous étions trop aveuglés par la société, les événements et tout le tralala.

Jamais je n'avais pensé que cela tomberait sur mon père, pas aussi tôt du moins. Il était bon, bienveillant et la vie l'avait emporté. Le prêtre vint se positionner face au corps sans âme de papa. Je me détachai de maman et nous ne gardâmes que les mains enlacées, les serrant douloureusement, comme si cela pouvait le ramener du royaume des morts.

— Bonjour à tous et à toutes, nous sommes aujourd'hui réunis pour le dernier voyage de monsieur Dumortier. Bon et généreux, il aimait aider son prochain et accueillait toutes les personnes en difficulté chez lui. Pompier bénévole et médecin, il a sauvé tant de monde et malheureusement, aujourd'hui, c'est à son tour de partir. Que Dieu lui ouvre les bras et le reçoive dans son paradis. Je vous invite à lui dire adieu avant qu'il ne rejoigne le Tout-Puissant.

Chacun à son tour alla déposer sa fleur sur le cercueil. Quand ce fut le mien, je m'écroulai au sol, les larmes aux yeux. Je commençai à crier contre cette injustice, cette putain de vie qui avait pris mon père. Je hurlai à en perdre la voix et frappai contre cette boîte noire qui me rendait malade. Mon cœur se brisa, il s'enflamma. Mon corps tremblait comme jamais.

En perdant mon père, je perdais l'envie de vivre et de continuer. Qu'est-ce qui me retenait ici-bas, s'il n'était pas là ? Rien. Maman s'en sortira, car elle réussissait toujours à guérir. Mais moi dans tout ça ? Je ne parvenais pas à y faire face. Papa n'était pas mort, non, je sentais encore sa présence. J'étais certaine qu'en rentrant à la maison, je le trouverais dans le fauteuil, une bière à la main, devant le foot.

La pluie se fit plus violente. Tous me jetaient des regards interloqués, étonnés par ma réaction. Je me moquais de ce qu'ils pensaient. Papa n'était plus là. Pourquoi les meilleurs partaient-ils les premiers ?

Quand je n'eus plus assez de larmes pour pleurer et plus assez de voix pour crier, je me recroquevillai sur moi-même, les doigts effleurant le cercueil. Je songeai à toutes les choses que nous aurions faites s'il n'était pas parti, mais la douleur me sembla trop poignante et pénible pour que je sache réfléchir.

C'était une douleur ardente, une torture, une absence. Stop. Je souffrais le martyre… Je ne savais plus réunir mes idées sans que son deuil ne fasse surface. Cette tristesse me consuma et absorba toute once de joie qui se présentait à moi.

— Relève-toi, ma chérie, il est temps de s'en aller et de laisser ton père faire sa route… chuchota ma mère en s'approchant de moi.

Quand elle me prit par le bras, je me défis de son emprise et m'accrochai au cercueil. Non. Non je ne le quitterai pas, je ne l'abandonnerai jamais. J'aimais mon père et cet amour s'évaporerait si je m'en allais. Des hommes vinrent me prendre de force et je me débattis avec le peu d'énergie qu'il me restait. Je leur criai dessus et j'essayai de me tenir à cette fichue boîte dans laquelle le corps de papa dormait. Il ne faisait que dormir, il allait se réveiller ! Oui. Tout cela n'était qu'un rêve, non, un cauchemar. Et dans quelques minutes, nous nous réveillerions l'un à côté de l'autre. Papa avait juste besoin de se reposer, mais il reviendra bien sûr. C'était simplement ça.

Mes cris enflammèrent les parois de ma gorge. Je m'en voulais tellement… Si je n'étais pas partie en vacances m'amuser avec Joséphine, j'aurais pu profiter des derniers instants de mon père. Tout ça, c'était de ma faute.

Jamais je ne retournerai à Hawaï, cet endroit maudit ! Il m'avait privée de ma famille, privée de papa. Je n'aurais pas dû m'y rendre. Trempée jusqu'aux os, ma mère refusa que j'aille au buffet pour discuter avec la famille et les amis de papa. Elle me déclara trop faible pour supporter toutes les condoléances qu'on nous dirait et elle avait raison. Je ne résisterai pas…

Quand elle me ramena à la maison, elle repartit aussi vite en me demandant de me calmer. Mais dès qu'elle ne fut plus là, je ne bougeai pas de ma place, soit collée contre la porte, pleurnichant. Mes maux de tête me causaient bien des ennuis, mais je ne pus faire autrement. J'étais perdue, perdue dans un nouveau monde, celui du deuil. Un monde dans lequel je me sentais engloutie, capturée et je savais au fond de mon cœur que je n'étais pas prête d'y échapper. Non. Ce monde s'agrippait à mon cœur, à mon esprit et ne me lâcherait pas. Dès à présent, je refusais de prendre goût à la vie. Tout était fini. Papa était parti.

Chapitre 10

Joséphine

Quelques jours plus tard, nous eûmes le temps d'organiser nos recherches et de réunir tout ce dont nous avions besoin. De toute façon, il n'y avait pas tant de choses à savoir sur les sirènes. Équipé d'un bon appareil photo, Itzel insistait pour que nous observions une dernière fois la coquille Saint-Jacques. Hésitante, je n'acceptai pas tout de suite, mais après avoir écouté avec attention ses explications, nous nous mîmes en route vers le lieu convoité. Grâce à notre hôtel, nous n'étions pas loin et, en cinq minutes, nous nous retrouvâmes face au coquillage.

— Bon, laisse-moi juste prendre quelques clichés, d'accord ? dit Itzel, excité à l'idée de mettre ses talents de photographe en avant.

Pendant ce temps-là, je m'éloignai pour avancer dans la forêt tropicale où les plantes se ressemblaient toutes comme deux gouttes d'eau. La chaleur sous ces arbres était oppressante, tant l'humidité épaississait l'air de ce côté-ci. Le soleil se posait sur ma peau, compliquant la tâche. J'étais en sueur tant il faisait chaud. Comme indiqué par la fameuse coquille, je me dirigeai plus vers la gauche. Le sable brûlant enveloppait mes pieds, qui même avec des sandales, n'étaient pas protégés. Je marchai lentement pour qu'Itzel ne me perde pas de vue et sache me rejoindre dès qu'il aurait terminé.

Tout en scrutant le paysage, j'aperçus quelques insectes étranges, de multiples couleurs et formes différentes. L'un se composait d'un bleu intense avec des petites taches jaunes. Il s'envola à l'instant où je voulus le prendre en photo avec mon téléphone. Les feuilles d'arbres me semblaient gigantesques. Elles mesuraient la taille de ma main. Je ne connaissais pas leur nom ni la propriété de leur sève. Toutefois, j'aurais bien aimé en connaître plus ! Subitement, un insecte violet se posa sur mon bras droit. Le souffle court, je tentai de ne pas paniquer, espérant ne pas me faire piquer. Son dard, énorme, m'effrayait. L'estomac noué, j'avançais lentement sans lâcher du regard cette bête. Elle jouait avec ses ailes, tout en me déconcentrant. Quand soudain, je percutai un arbre, claquant ma tête contre le tronc. Je grondais, pestais des jurons avant de remarquer mon bras nu. Il avait fui. Enfin.

Non, mais quelle conne, regarde où tu mets tes pieds, bon sang ! me murmura ma petite voix intérieure.

Je chassai ces mauvaises pensées de mon esprit, puis balayai la scène à la hâte. Les cocotiers s'élançaient si haut que je n'en voyais plus le bout, tout comme les autres arbres à leurs côtés. Certaines noix de coco, tombées au sol, formaient un petit mont. Tandis que je pensais vérifier si elles semblaient bonnes, j'entendis mon petit ami crier mon nom.

— Joséphine, attends-moi ! J'ai envie de prendre d'autres photos, dit celui-ci en courant vers moi.

Dépitée, je me retournai et restai plantée comme un piquet quand il arriva. Il me prit dans ses bras.

— C'est méga précis avec cet appareil ! J'ai hâte de les observer sur ton ordinateur…

Je levai les yeux au ciel, exaspérée par toutes ses envies farfelues et l'amenai droit devant nous. Il s'amusa à prendre des photos de tout et de rien. Jusqu'au moment où nous tombâmes nez à nez avec une épave abandonnée. Tel un enfant de trois ans, Itzel sauta de joie et courut sur cette vieillerie. Je le rattrapai de justesse par le bras et l'en empêchai.

— Non, tu ne monteras pas là-dessus ! Imagine si ça s'effondre sur toi, j'ai bel air, hein… Prends tes clichés, ainsi nous pourrons rentrer les observer.

Ce dernier soupira, exaspéré par mes blocages, et fit le tour complet de l'épave. Je la regardai attentivement et de plus près. Elle était fracassée et certaines de ses parties résidaient au sol. En plus d'être rouillée, elle devait avoir une centaine d'années, peut-être plus. Je l'effleurai des doigts et la paroi s'avéra très rugueuse. Tandis que je l'examinai, Itzel m'interrompit ;

— Euh… chérie, tu peux venir voir, s'il te plaît ? me demanda-t-il d'une voix incertaine.

Je fis tout le tour et revins sur sa position. Il se concentrait sur un point bien précis de l'épave. Je me mis juste sur sa droite et fixai le même endroit. Une phrase y était inscrite : *Yeux de sirènes et comportements rebelles, attention aux arrivés, vous risquez de vous faire attraper.*

Perplexe, je la relis une seconde fois et compris que ce n'était pas une illusion. Elle avait été gravée à l'aide d'un couteau ou d'une arme blanche pour que cela soit si profond. Itzel la prit en photo et me proposa de rentrer examiner tout cela.

— Je ne m'attendais pas à ça… dit-il, d'un ton ironique. On pourrait croire à des menaces… mais disons que c'est une petite citation.

J'émis un rire nerveux et me rapprochai d'Itzel. Il décida qu'il était l'heure de rentrer et que nous devions absolument vérifier ces images. Sans un mot, nous prîmes la route. La vérité était que nous pensions tous les deux à la signification de ces phrases. Peut-être que cette citation faisait partie de la légende…

*

Je passai aux toilettes quand nous fûmes rentrés, tandis qu'Itzel, lui, allumait mon PC et transférait ses photos. Plusieurs questions se bousculèrent dans ma tête : est-ce qu'un mot était écrit sur la coquille ? Y avait-il un signe ?

Je rouvris la porte et questionnai Itzel sur son travail. Le silence s'installa entre nous et ce dernier se tut. Intriguée, je lui reposai ma question. Rien. Le vide. Le calme. Itzel ignorait ce que je disais.

— Tu vas me répondre un jour ? J'en connais un qui est mort comme ça ! dis-je en haussant le ton.

Il me tira par le poignet et m'amena devant l'écran. Ensuite, il montra du doigt le côté droit de la photo. Je ne compris pas au début ce qu'il voulait que je voie, puis mes yeux distinguèrent un visage. Non, une femme. Il y avait une femme sur toutes ses photos, mais ce n'était pas moi. Elle était très grande, j'étais certaine qu'elle mesurait deux mètres.

Et puis, ses cheveux, ils paraissaient très poussiéreux. Sa face faisait terriblement peur. On aurait pu croire voir un monstre.

— Zoome dessus !

Il s'exécuta et on la vit plus précisément. Même sa peau semblait faite à partir de poussières, de poussières dorées ! C'était improbable. Nous n'étions que deux et nous n'avions pas croisé cette inconnue. En plus, la lueur dans ses yeux reflétait la haine et la colère. Ça faisait froid dans le dos.

En observant son physique, des frissons parcoururent mon corps et mes poils se hérissèrent. Elle arborait un collier orné d'une dent de requin et en zoomant un peu plus, je vis que ses ongles n'étaient rien d'autre que des griffes. Venait-elle d'un film d'horreur hollywoodien ? Cela en avait l'air !

Et puis, ma voix me répétait sans cesse ; vous risquez de vous faire attraper. Était-elle un danger pour moi ? Pour nous ?

— Qu'est-ce que tu en penses ? réussis-je à prononcer en avalant avec difficulté.

Je me pinçai les lèvres dans l'attente d'une réaction de sa part.

— Je ne l'ai pas vue. Je te jure… Cette histoire… ça part en couilles !

Sa voix trembla plus qu'il ne le désirait. Ma main caressa son dos en guise de réconfort. Plus je contemplai ses images, plus je sentais une certaine pression en moi, comme si cette inconnue était vraiment présente. Elle ne paraissait pas gentille du tout. Elle grimaçait sur tous les clichés et dégageait une énergie négative.

— Je te crois… Mais ça m'intrigue, je veux en savoir plus.

— En savoir plus avec ce genre de regard ? On dirait qu'elle veut nous tuer !

Je ne sus pourquoi, mais ma petite voix corrigea la phrase d'Itzel et me dit ; *te* tuer. Je déglutis et m'assis sur ses genoux. Même sur celles de l'épave, la femme était juste devant l'objectif. Nous aurions dû la rencontrer…

— C'était peut-être un esprit, me dit celui-ci, en essayant de trouver une explication à cette manifestation.

Un fantôme ? Non, je ne partageai pas son avis. Il devait y avoir une autre solution.

— Non. Et si tu étudies bien les multiples photos, elle est toujours au même endroit, en nous regardant d'un mauvais œil. Un esprit aurait… Je ne sais pas, rigolé, fait quelque chose, quoi !

Tous deux, nous nous tûmes. Il savait que j'avais raison et qu'il y avait une autre conclusion derrière ce phénomène. Ce fut d'ailleurs dans le silence que nous allâmes manger au restaurant de l'hôtel. Toute la soirée, je me sentis tracassée et troublée. Non par la présence de cette inconnue, mais par ce que me chuchotait ma petite voix.

Depuis un petit temps, je n'étais pas très bien. Je me sentais observée et j'étais certaine qu'une personne rôdait autour de moi. Grâce à cette journée, j'approuvai mes ressentis. Cette femme n'était pas là par hasard… Elle était venue me chercher, mais la seule question qui m'angoissait, c'était ; *pourquoi ?*

Chapitre 11

Des cauchemars s'enchaînèrent dans mon sommeil jusqu'à m'empêcher de dormir. Ce fut une véritable nuit blanche, qui ne contribua qu'à me mettre de mauvaise humeur dès le réveil, particulièrement quand Itzel m'annonça qu'il comptait repartir examiner l'épave détruite. Après ce que nous avions découvert la veille, je n'étais pas prête à faire face à cette femme.

Si elle était là-bas, si elle m'attendait au même endroit, je ne rentrerais pas chez moi. Sans en connaître la raison, cette affirmation m'obsédait. Cette chose me tuerait dès qu'elle en aurait l'occasion. Son apparition ne relevait pas du hasard, elle était venue me chercher.

— Je n'ai pas envie d'y aller… lui dis-je d'un ton plat.

— Mais si. Il n'y a aucun danger !

Ce dernier fit son possible pour me convaincre et me ramener jusqu'au bateau échoué. Ce fut avec angoisse et inquiétude que nous nous y rendîmes. Plus les jours passaient, plus il prenait confiance en lui. Je n'exigeais rien de sa part, cependant j'avais peur qu'il n'ait trop de confiance. Il devait trouver un juste équilibre et puis nous en savions plus chaque jour. Je craignais que nous fouillions trop loin dans cette histoire. Pour preuve, la créature était apparue. Quelle serait la prochaine étape ? Cela faisait un petit moment que je n'avais plus pris plaisir à m'allonger sur la plage et bronzer. J'avais peur que la sirène réapparaisse sur le sable à mes côtés. C'était stupide, car elle était apparue via des photographies, et c'était pour cette raison qu'Itzel avait réussi à la voir. Selon la légende, les hommes ne pouvaient la distinguer, elle ne représentait qu'une boule de lumière. La seule exception c'était qu'il y ait un appareil, un objet entre les deux individus pour qu'un homme puisse la voir. Mais apparemment, ça n'intéressait guère mon petit ami, qui prit la route et s'en alla avec un sac à dos.

Je mangeai la dernière bouchée de ma salade de fruits, bus la fin de mon jus d'orange et m'empressai de l'accompagner.

— Attends-moi ! criai-je, alors qu'il avançait à grandes enjambées.

Celui-ci ralentit la cadence et me tendit sa main que j'attrapai directement. Nous réglerions cette affaire à deux comme c'était prévu.

— Quand tu décides de terminer un projet, tu le fais sérieusement ! fis-je ironiquement.

Il pouffa de rire et nous pénétrâmes dans la forêt plongée dans un silence pesant. Aucun son ne troubla nos pas, ni bruit d'animal, ni une quelconque présence d'insecte répugnant. Je doutais sur la situation actuelle et partageai mes craintes avec Itzel, qui préféra les ignorer et m'expliquer ce qu'il avait trouvé sur Calypso.

— Sur un site, j'ai trouvé ceci. Une phrase qui explique la citation que nous avons décelée. D'après ces chercheurs, la sirène avait gravé ceci sur la paroi de l'épave pour prévenir les touristes qu'ils approchaient de son domaine et que seule la mort les attendait à la fin du chemin.

— C'est absurde… Elle vivait sur une partie de l'île cachée, comment aurait-elle pu être certaine que quelqu'un la repérerait ?

Tandis que nous parlions en désaccord, nous arrivâmes devant l'objet précis. Apeurée, je balayai la scène du regard à la recherche de cette femme. Il n'y avait personne, à part nous deux. Quant à mon petit ami, je le laissai monter sur le bateau et l'attendis à l'entrée, assise sur un rocher. Le vent s'éleva, mais resta doux. Je regardai le sol sableux et jouai à produire des formes. Soudain, Itzel m'appela :

— Fais attention, j'ai vu deux trucs bizarres. Je les lance par-dessus ! s'exclama ce dernier, heureux.

Je reculai et me cachai derrière le tronc d'un cocotier. Une épée valsa à terre suivie d'une longue vue. Je grimaçai et détachai la feuille collée sur l'arme blanche. Évidemment, mon petit ami revint à la charge et m'enveloppa de ses bras. Nos yeux rivés sur la feuille, je lis à haute voix ;

— Grâce à la longue vue, tu découvriras ce qui n'est pas visible à l'œil nu, répétai-je plusieurs fois.

— Mais aide-toi de l'arme, avant que ne coulent tes larmes, car réflexes elle a et bientôt à nouveau elle tuera, finit Itzel.

Le texte lu, je réfléchis sur les mots choisis. De quels réflexes parlions-nous ? Et puis, elle, qui elle ? Cette femme sur nos photos ? Je déglutis et serrai ma main dans celle d'Itzel. Tant d'idées me déconcentrèrent et intensifièrent mes peurs.

— Je veux rentrer, ordonnai-je à celui-ci, passionné par la légende.

— Jo', s'il te plaît…

— Non, il n'y a pas de s'il te plaît ni de mais ni de tout ce que tu veux ! Je veux rentrer à l'hôtel et profiter du soleil.

J'entendis ce dernier soupirer et marmonner quelques jurons. Il parla dans ses dents et n'hésita pas à prendre l'épée et la longue-vue. Il plaça la longue vue dans son sac qu'il referma par la suite, puis pris à la main la fameuse épée. Je le sentis énervé et irrité par ma demande. Sans un mot, Itzel fit demi-tour et marcha rapidement. Ce dernier ne souhaitait pas être trop remarqué avec les objets. J'essayai de le suivre, mais en vain, il était plus rapide. Il shoota dans tout ce qu'il pouvait et frappa du poing contre les cocotiers. Bien qu'il gardait sa colère pour lui, j'aurais aimé qu'il me dise ce qui n'allait vraiment pas.

— Tu pourrais me parler, non ? fis-je remarquer, à trois mètres derrière lui.

Itzel se retourna et me jeta un regard noir. Les mâchoires serrées, il s'avança vers moi et me dit :

— Pour une fois que je suis passionné par ce que je fais, tu m'empêches de travailler… Voilà ce qui m'agace.

Je baissai la tête, honteuse, et m'excusai. Il n'écouta pas mes pardons et continua sa route. Cependant, un problème survint. Nous marchions depuis une dizaine de minutes et j'avais la mauvaise sensation que nous tournions en rond. J'avais déjà vu trois fois ces pierres et nous étions passés trois fois à côté de la coquille Saint-Jacques. Je n'osais pas prévenir Itzel qui semblait aveuglé par sa colère.

Je choisis de le laisser dissiper ses émotions et d'espérer que cela se tranquillise. De toute façon, le temps ne m'inquiétait pas. Il faisait toujours aussi chaud qu'il y a une petite heure.

— Mmmh… amour ? dis-je d'une voix hésitante.

— Quoi ? répondit-il, crispé.

Je courus jusqu'à lui et lui expliquai le souci.

— Nous sommes déjà passés plusieurs fois par ce chemin… Ce n'est pas normal.

Brusquement, nous nous arrêtâmes et Itzel observa les alentours. Quand je le vis écarquiller les yeux et ouvrir la bouche, il parut surpris et étonné.

— Putain. C'est quoi cette merde ?

Afin d'être sûrs que nous ne rêvions pas, nous refîmes le chemin et, effectivement, nous étions coincés dans une boucle sans fin.

— Tu vois, j'ai raison !

Quand nous fûmes certains, je me trouvai prise de panique. Tourmentée, je manquai d'air et dus m'accroupir pour me calmer. Je compris que j'étais en pleine crise d'angoisse. Je ne supportais pas de me sentir enfermée et bloquée dans un endroit. Je n'étais pas en sécurité et c'était ce qui m'inquiétait le plus. Nous étions dans une forêt tropicale, sans assez d'eau, avec une chaleur oppressante. Et le pire ; nous n'étions que deux.

— Joséphine, ça va aller… Calme-toi… me rassura Itzel.

Mais non, ça n'allait pas du tout. Je l'avais dit et ma petite voix m'avait prévenue. Elle me donnait des signes depuis hier. Cette inconnue devait être ici à se moquer de moi et de mes phobies. Je le savais, je savais que je n'aurais pas dû venir ici. Nous n'avions plus aucune chance de nous en sortir. Peut-être en savions-nous de trop à ses yeux… Cela me rendait malade et complètement folle. Trente-six questions envahirent mon esprit.

Le souffle coupé, je respirai et fermai fort les poings. Soudain, mon regard s'attarda sur le sac d'Itzel. L'épée était trop grande et sortait légèrement de la fermeture, quant à la longue-vue, il l'avait peut-être cachée en dessous de ses affaires.

— Enlève ça.

Je lui dis ceci en montrant du doigt son sac. Celui-ci ne saisit pas ce que je lui demandais. Alors, je me traînai jusque-là et ouvris son sac en retirant ces objets maudits. Je réalisais au fil du temps qu'une malédiction régnait vraiment sur cette île et emportait quiconque s'y intéressait. En lançant l'épée plus loin et la longue-vue à quelques mètres, mon petit ami hurla, en furie. Dans l'incompréhension, il m'en voulut et me cria dessus.

— Qu'est-ce que tu fais, bon sang ?! Tu ne te sens pas bien ?!

Effrayée par le ton de sa voix, je pris du recul et percutai un rocher.

— Ce sont ces trucs qui nous bloquent ici !

— Non ! Tu es juste tarée en ce qui concerne Calypso.

— Tu l'as bien vue hier sur les photos. Il se passe des phénomènes sur cette île qui ne sont pas normaux. Je ne rêve pas, non. Je ne suis pas folle, je suis juste logique !

Nous nous défiâmes du regard. J'avais un caractère de chien, il le savait et cela ne nous avait jamais empêchés de nous aimer. J'espérais seulement que notre intérêt sur la légende ne nous mènerait pas à notre perte.

— Je prie pour que tu aies raison. Sinon je reviendrai seul les reprendre, murmura Itzel, entre ses dents.

Il m'aida à me relever, puis renfila son sac à dos. Il devait peser une tonne avec ce qu'il avait emporté… Dans une atmosphère tendue, nous progressâmes sur notre route. Cela ne nous sollicita que quelques minutes, car en voyant les vagues et la plage, je me précipitai dans l'eau, comme libérée. Je lâchai ce que je tenais et plongeai dans l'océan, l'eau tiède et agréable. J'observai Itzel, qui, rancunier, laissa de côté sa colère et me rejoignit.

— Je te l'accorde, tu avais raison… Mais ça ne reste pas normal. Comment des objets peuvent arrêter l'espace temporel juste sur nous ?

— Je ne saurais te répondre… Ça fait tellement du bien de se baigner, hein ?

En guise de réponse, Itzel me donna un tendre baiser. Ses émotions jouaient souvent aux montagnes russes avec lui. J'étais habituée à ce qu'il change rapidement d'humeur, cela ne me choquait plus.

— Oui… J'aurais aimé prendre l'épée au moins. Elle était si belle.

— Tu as eu le temps de l'analyser ? le questionnai-je d'un air ahuri.

— Bien sûr. Elle contenait des diamants bleus, certainement du saphir, sur la longueur.

Je le pris dans mes bras, déçue, et lui promis que nous trouverions une solution.

— On pourra y repartir, mais à condition que nous soyons plus nombreux… On ira voir, en rentrant, les activités proposées par l'hôtel, d'accord ?

Itzel accepta volontiers et me remercia pour ma compréhension. Même si je nageai dans l'eau, l'adrénaline et la nervosité formaient toujours un creux dans mon ventre. L'estomac retourné, j'avais encore la gorge nouée. Je dissimulai mes appréhensions et allai m'amuser avec Itzel qui s'en allait plus loin dans l'océan. Les sauveteurs ne nous virent pas, ce qui me facilita la tâche. Je ne désirais pas qu'il s'énerve plus qu'il ne l'était déjà. Oui… Itzel était irascible, mais il avait un grand cœur. Si grand que je craignais souvent qu'il ne me laisse pour une autre. Cette peur me consumait tous les soirs, quand je prenais le temps de réfléchir aux événements passés.

— Alors, tu viens ? me dit-il en faisant un signe.

Je sortis de mes rêveries et me tournai vers lui.

— J'arrive !

Nous jouâmes comme ça pendant des heures. Il fallait avouer qu'Hawaï nous offrait un paysage paradisiaque…

Chapitre 12

Le réveil sonna et me réveilla en sursaut. Les gouttes de sueur perlaient sur mon front. Je sortais d'un horrible cauchemar sur Elsa. Cela faisait plusieurs jours qu'elle ne me contactait plus et ignorait mes mails.

— Pourquoi tu as programmé l'horloge si tôt ? râlai-je en me frottant le visage.

— Je veux ces objets… marmonna-t-il dans son sommeil en se retournant.

Il était aussi fatigué que moi. Je retirai la couverture de mon corps et cherchai à tâtons mon téléphone portable, qui ne logeait ni sur la table de nuit ni sur le sol. Je grimaçai, étonnée, et paniquai. Je le déposais à cet endroit tous les soirs avant d'aller dormir. Ce n'était pas normal qu'il ne soit pas à sa place.

— Itzel, tu as vu mon téléphone ? Il n'est pas sur la table…

— Ton téléphone ? Non, pas du tout. Attends, je vais t'appeler, me proposa ce dernier en prenant le sien.

J'attendis qu'il me sonne. Cependant, je le vis se relever, troublé, et me jeter un regard interrogateur.

— Je ne l'ai pas non plus.

Abasourdis, nous nous mîmes à faire le tour des pièces, dans tous les sens, espérant les retrouver. J'angoissai à l'idée de l'avoir perdu. C'était le seul objet qui me permettait d'être en contact avec Elsa et ma famille. Je devins hystérique et retournai tous les meubles. Le lit fut en bataille, les oreillers et couettes à terre, nos valises furent vidées à leur tour. C'était impossible. Soit une personne nous avait volé, soit on nous faisait un mauvais coup.

— Itzel, dis-moi que tu as le tien au moins !

— Non, non, je n'ai rien. Mais si je coince le connard qui nous les a pris, il va le payer.

Je respirai de plus en plus fort en observant la chambre. Je ne le vis nulle part. En plus, j'avais pris soin de l'éteindre hier pour ne pas être dérangée en compagnie de mon petit ami. Tandis que nous remuions terres et mers afin de les retrouver, je partis vider ma vessie. En refermant la porte derrière moi, je remarquai qu'un morceau de papier était bloqué sous le tapis. Je fronçai les sourcils en l'enlevant du sol. J'aperçus une écriture, fine et douce, inscrite sur le papier. Je le lis, curieuse et songeuse.

Si tu veux en savoir plus, rejoins-moi dans la forêt. Toutes vos affaires ont été prises et amenées à mes côtés. Je te conseille de venir, sinon, tu le regretteras.

La plume me sembla si tendre et soignée que je n'en crus pas un mot. J'oubliai vite mes besoins et montrai le mot à Itzel qui, après l'avoir lu attentivement, se pressa de préparer son sac.

— Qu'est-ce que tu fais ?! lui dis-je, alarmée.

— Cet imbécile a volé mon téléphone, Jo' ! Je ne sais pas toi, mais je veux en connaître la raison… Je n'hésiterais pas à ta place.

Comprenant sa décision, je décidai de l'accompagner en prévenant l'hôtel que, si nous ne revenions pas le soir même, ils devaient appeler la sécurité. Je ne sus confirmer s'ils avaient compris ma demande. Cependant, nous n'avions pas de temps à perdre. Sur le morceau de papier, la personne paraissait pressée.

En marchant à la hâte, je réfléchis à ce que nous allions faire. Et puis, plusieurs questions me laissaient perplexe sur la situation actuelle. Je me sentais troublée et soucieuse. L'énergie de cette île avait changé, comme l'ambiance qui régnait entre Itzel et moi. Ce n'était plus la même qu'au début où il était attentionné et romantique.

À présent, il semblait différent et éloigné de ma personne. C'était à croire qu'une barrière nous séparait, qu'une glace se formait dans notre couple. Hier, il s'était énervé sur moi comme jamais auparavant et sa mauvaise humeur perdurait. Je ne comprenais pas sa colère envers moi ni cette passion ardente pour Calypso.

S'il l'avait rencontrée, j'aurais pu saisir le problème. Croiser une sirène, dans son état naturel et entendre son chant vous faisait tomber sous son charme, mais ici, ce n'était pas le cas !

Je soupirai en voyant combien Itzel avançait rapidement. D'un pas assuré, il enjambait le sable frais du matin. Quant à moi, je ramai en essayant de fermer correctement mon sweatshirt. La brume cachait ce qu'il y avait à plus de cinq mètres de notre position. Il m'était donc impossible d'admirer le paysage, tel que les vagues mouvementées, à la bonne heure. Tout le monde dormait encore paisiblement, en particulier les touristes. Le calme régnait, et l'air frais me rafraîchit. Je frissonnai de froid quand nous entrâmes, une fois de plus, dans la forêt. Avec Itzel, je ne cessais de venir à cet endroit précis. C'était devenu habituel, comme une routine et ça, je le refusais. J'aimais les changements, mais lui non. Il préférait des destinations qu'il connaissait par cœur, que des contrées inconnues.

Quand nous fûmes arrivés à l'épave, qui n'avait pas bougé ni changé depuis la soirée d'hier, rien ne se produisit.

Je fis donc le tour du bateau échoué et distinguai, au cœur des hautes herbes, des petites pierres rouges créant un chemin.

— Chéri, viens voir ça ! criai-je pour qu'il m'entende.

J'écoutai ses pas se rapprocher, ensuite, lui dévoilai les cristaux. Il s'abaissa et les examina de plus près.

— Nous devrions les suivre, expliqua-t-il en touchant la terre.

Je n'y connaissais rien à tout ça, pour dire vrai, ça ne m'intéressait pas. La géologie n'était pas mon fort. Je le regardai faire et, quand il se releva, nous avançâmes main dans la main, droit devant nous. Nous quittâmes les routes conçues pour traverser la jungle, et nous éloignâmes de l'épave. Les arbres nous encerclaient, nous engloutissaient. Je me serais bien cru dans *Blanche-Neige et les sept nains*. Toutefois, mon petit ami ne craignait rien sur son passage pour l'instant. Je levai la tête vers le ciel qui était caché par les feuilles de cocotiers. Je n'étais pas à l'aise à l'idée de m'écarter de la population. Cependant, nous n'avions pas le choix. Le sable semblait plus refroidi au fur et à mesure que nous avancions. Je m'enfonçais dedans, cela m'obligeait à redoubler d'efforts. Je me sentais essoufflée, sans pour autant abandonner. Le souffle court, j'accélérai la cadence. Mes mains effleuraient les feuilles douces et les rochers rugueux sur le passage. L'un des oiseaux vola juste au-dessus de moi. Je pris le temps de l'observer ainsi que d'admirer ses couleurs vives : rouge, bleu et jaune. La diversité de cette île m'émerveillait toujours. Plus nous marchions dans la jungle, plus les arbres s'agrandissaient. J'avais l'impression qu'ils touchaient le ciel.

À grandes foulées, je tentai d'éviter les plantes vénéneuses qui s'allongeaient sur notre route, puis suivis tant bien que mal Itzel, qui lui, se promenait toujours de manière aussi rapide. Haletante, mes muscles se fatiguaient. J'éprouvais de la difficulté à soulever chaque jambe à la suite pour ne pas le perdre de vue. Le vent commença à se faire peu présent. Je ne ressentais plus aucun air frais, bien au contraire. Il régnait une chaleur lourde, oppressante en ces lieux. Je n'y étais pas habituée.

Quelques minutes passèrent, elles étaient les plus longues de ma vie. Soudain, je réalisai que les bruits des oiseaux et des autres animaux se stoppaient. Les volatiles fuirent dans les airs comme s'ils étaient effrayés par une présence. Était-ce la nôtre qui leur faisait cet effet ? Je n'en savais rien, mais en tournant ensemble le regard une demi-seconde, une grotte humide apparut sous nos yeux comme par magie. Elle me semblait gigantesque. Parsemée par quelques branches d'arbres et de feuillus, je ne la quittais plus du regard par peur qu'elle disparaisse. Quelques secondes avant, rien ne se trouvait à cette place.

J'ouvris la bouche, mais la fermai aussitôt, trop abasourdie pour exprimer mon ressenti. Je n'arrivais pas à y croire. Comment une grotte pouvait-elle naître devant nous en si peu de temps ? Ce n'était pas logique. Il se déroulait des choses vraiment bizarres ces derniers jours.

Je flottais dans mes pensées et fus noyée par les paroles d'Itzel.

— On fonce, Jo', d'accord ? Elle est là.

Je secouai légèrement la tête et croisai alors son regard, le sien, celui de la dame sur les photos. Elle semblait plus affreuse en réalité que sur les clichés. Alors que mon petit ami était fin prêt à se battre, je perdis l'équilibre et ma vue se brouilla. L'estomac retourné, ma gorge se noua et se fit si douloureuse que je fus dans l'incapacité de prononcer un mot. De toute façon, jamais Itzel n'aurait pu la toucher. Elle était trop lumineuse pour lui.

Mon corps trembla de peur et mes larmes coulèrent toutes seules. J'étais paralysée, paralysée d'effroi et Itzel ne comprenait pas ma réaction. La vue floue, je me rattachai à un des seuls sens qui m'était utile à cet instant, le toucher.

J'eus des difficultés à avaler ma salive et m'étouffai avec celle-ci. Le teint pâle, je devins plus livide encore et fus prise des violentes nausées.

Mon petit ami essaya de me relever, de m'expliquer que tout se passerait bien et que je n'avais pas à être terrifiée par un fantôme. Cependant, il ne saisissait pas la véritable histoire. Tandis qu'il me chuchotait des mots doux, je fixai du regard cette créature qui s'approchait de nous, le sourire aux lèvres, l'air triomphant.

Quand son visage fut illuminé par la lumière du jour, ce fut la goutte d'eau qui fit déborder le vase. Je régurgitai mon amertume et ma rancœur. Haletante, je n'osais plus lever la tête. Ses yeux étaient d'un orangé puissant et sa peau poussiéreuse comme je l'avais prédit sur les photos. Sans que je n'aie le temps de prévenir mon petit ami, nous fûmes engloutis dans une spirale de sable et je perdis connaissance. La peur était trop intense, trop forte pour que je sache tenir éveillée.

En fermant les yeux, en quittant ce monde l'histoire d'un instant, je compris que la légende n'en était pas une. Elle était bien réelle. Calypso était en vie. Cette sirène, cette créature vivait depuis des siècles et hantait cette île. Je réalisai brusquement qu'Hawaï était vraiment maudite, maudite par sa présence et sa haine.

Tout ce qu'on disait sur Calypso était donc vrai. Son amour, sa trahison, ses sentiments, mais surtout, sa boucle du temps. La boucle dans laquelle elle avait enfermé son âme damnée, son bien-aimé, *Alejandro*.

Chapitre 13

— Joséphine ? Joséphine, je t'en supplie, réveille-toi…
chuchota Itzel en pleurant.

Le vent effleura mon visage et me fit frissonner.
J'ouvris petit à petit mes yeux et un mal de crâne me prit
violemment. Je grinchai en portant les mains sur mon
crâne.

— Pourquoi tu pleures, chéri ? demandai-je en me
relevant

Cependant, quand je voulus me mettre debout, je me
cognai contre du bois et retombai sur mes fesses. Je frottai
mes yeux et récupérai une vue plus nette.

— Derrière nous, il… il y a Calypso… Mais, je ne la vois
pas du tout, expliqua-t-il entre deux sanglots. On dirait une
grosse boule de lumière jaune.

J'émis un rire nerveux, pensant avoir fait un mauvais
rêve et le rassurai en disant qu'elle n'existait pas. Non.
Ce n'était pas réel. Calypso était une sirène trop parfaite
pour que ce soit vrai. Je parlai, encore et encore, et fus
interrompue par la voix d'une femme. Une voix mélodieuse
et pourtant rauque.

Je poussai gentiment mon petit ami et l'aperçus.
Je n'avais donc pas rêvé, je m'étais bien endormie en
observant son air glorieux. Je déglutis et reculai, prise de
peur, dans cette cage en bois que j'avais à peine remarquée
à mon réveil. La description d'Itzel était fausse, je la voyais
parfaitement avec chacun de ses détails.

— Alors c'est donc toi Joséphine… ? Je crois que tu as oublié quelque chose… dit celle-ci en faisant les cent pas.

J'examinai sa peau de ma position, faite de cendres et de haine. Ses cheveux aussi étaient médiocres, ainsi que l'intérieur de son corps, soit son cœur. Elle me montra l'épée et la longue vue en pouffant de rire. Alors qu'elle les jetait au sol, je réfléchis à une solution rapide pour les attraper.

Je ne répondis pas à sa question et optai pour l'ignorance. Son existence me répugnait. Cette femme, non, ce monstre, était ignoble ! Inquiète, j'observai notre situation. Nous étions soulevés en l'air à plus de trois mètres et enfermés dans une cage. Il n'y avait rien aux alentours, pas un homme. Je remarquai même que les animaux fuyaient cette chose comme la peste.

— Il ne vous faut qu'un rien pour vous piéger ! Ce n'est que de la camelote… Je les avais posés là pour le jour où une autre sirène se mettrait sur mon chemin.

Quand elle expliqua que cela ne valait rien, l'épée et la longue vue se changèrent en poussières et s'envolèrent dans le ciel. Ébahie, je n'en revenais pas. Itzel, lui, ne tenait plus. Il était horrifié par les événements et ne savait où donner de la tête. Est-ce qu'elle allait nous tuer ? Est-ce qu'elle comptait nous libérer ? Que cherchait-elle ? Mon petit ami pesta, car il était aveuglé par la lumière qu'émanait Calypso pour lui. Quant à moi, je sentis les énergies de mon corps changer. Tout se basculait au plus profond de mon être. L'océan m'appelait. Pourtant, je refusais d'écouter mon intuition.

Attentive à ses moindres gestes, Calypso traça une ligne, puis me fixa en pestant :

— Les textes et certains sites internet que tu as consultés, tout vient de moi, mais tu as été trop bête pour l'entrevoir… Je suis à l'origine de toutes les légendes que j'ai mises au point grâce à ma magie, ma puissance !

Continuant à la sous-estimer, je passai en revue la scène, comptant nous sortir de ce foutoir. Évidemment, j'avais peur, peur qu'elle ne me tue et abandonne mon corps en sang sur le sable. Je n'étais pas rassurée non plus à l'idée qu'elle touche à mon petit ami. Peut-être qu'avec ses pouvoirs, elle avait rendu dingue Itzel et que c'était pour cette raison qu'il agissait différemment ces derniers jours. Ce dernier était devenu accro, addict à cette histoire pendant qu'il laissait tomber toute son alimentation et hygiène corporelle. Il m'en parlait du matin au soir.

— Réponds-moi ! hurla-t-elle en me lançant un couteau de mer.

Je l'esquivai et réfléchis à la hâte à une solution. Quant à mon petit ami, il chercha une manière de briser le bois qui nous maintenait en hauteur. Il adorait bricoler et s'y connaissait assez bien dans ce domaine. Ses mains empoignaient les bâtons qu'il essayait d'abîmer pour ensuite créer une faille. Je ne savais que répondre à cette sirène, car des nausées me prirent violemment. Plus elle s'approchait, plus ces sensations inconnues prenaient possession de mon corps ainsi que de mon esprit.

— Pourquoi ferais-je ça ? Je… Je suis en l'air et je te vois très mal avec le reflet du soleil… mentis-je en me grattant le nez.

— Menteuse ! Seul un homme me voit briller à la vue du soleil ! Je te conseille de me répondre ou je te tranche la gorge, répondit-elle d'une voix grave.

Sur un ton agressif, elle me menaça et exigea des réponses, peu importe ce que je dise. Elle me montra ses ongles, longs, lisses, capables de couper n'importe quel animal en deux.

Les lèvres tremblantes, je déversai ma nervosité en me tenant fermement aux bâtons de bois, alors que mon copain nous faisait basculer de droite à gauche. Je regardais mes mains, ma position. Je crus voir par stupéfaction qu'une substance muqueuse rattachait mes doigts comme des palmes. Je secouai la tête pour revenir à mes esprits, puis remarquai que mes mains n'avaient rien. Était-ce un simple rêve, une simple illusion ? Depuis le début du voyage, je ne cessais de rêver de sirènes, de me sentir étrange, d'être attirée par l'océan comme jamais...

Je revins à la réalité quand Itzel me donna une frappe amicale dans le dos. Il m'observait d'un air grave. Je compris que j'avais intérêt à donner des explications à Calypso avant que nous ne soyons sous terre.

— Je... Tu vas me tuer que je parle ou non. Laisse partir mon pet... ami ! Et je serai à toi, lui proposai-je timidement.

Avant que je ne prononce le *petit ami*, je me souvins qu'elle ne supportait pas une once d'amour. Je feignis notre simple amitié et essayai de le faire descendre. S'il posait un pied sur le sable, il saurait me délivrer en ouvrant la cage, et puis nous pourrions nous enfuir. Toutefois, je ne croyais même pas en mon propre mensonge, alors comment pourrait-elle y croire à son tour ? Elle souhaitait des réponses sur ma nature, pourtant, je n'étais qu'une simple femme ordinaire qui craignait pour sa propre vie.

— Non ! Libère Joséphine, je resterai ici avec toi... Tu n'aimes pas les hommes, j'en suis un. Laisse-la partir, elle est insignifiante pour toi !

Ses mots me heurtèrent. Je refusais de l'abandonner à ce sort qui paraissait irréaliste. Je me serais cru dans un cauchemar. Néanmoins, c'était bien réel. Calypso était bien présente, plus présente que jamais avec sa colère insaisissable. Comment pourrais-je lui faire entendre raison alors qu'elle était aveuglée par sa propre haine ?

— Qu'est-ce que tu crois ? Ce n'est pas l'homme qui m'intéresse, mais toi, pauvre petite idiote ! Tu es celle qui modifie la force de cette île. Tu as tout changé, imbécile !

Soudain, mon monde s'écroula. Ma petite voix intérieure avait raison, elle m'avait prévenue du danger et je ne l'avais pas écoutée. Je regrettais, je regrettais amèrement cette erreur. Depuis le départ, j'avais senti ce changement en moi, dans mon corps, mon cœur, mon âme. J'étais certaine qu'il se produisait quelque chose, pourtant, j'avais nié l'existence de ces sensations. Comme elle me le disait, je n'étais qu'une petite idiote qui fonçait tête baissée. Le pire dans cette histoire, c'était que nos seules armes utiles étaient finalement de simples jouets. Rien ne pourrait arrêter Calypso à part sa vengeance accomplie.

Désespérée, au bord du gouffre, une idée me vint à l'esprit, je ne pouvais pas me permettre de ne rien tenter. Je pris mon courage à deux mains, inspirai et expirai calmement. Soit j'essayais tout ce qu'il se passait dans ma tête, toutes mes solutions, soit nous mourrions sans même nous être défendus. *Fonce Joséphine, c'est peut-être ta seule chance*, pensai-je.

— Alors… Laisse-moi descendre. Bats-toi au moins loyalement au lieu d'utiliser ta magie ! Ce serait tellement lâche de ta part… La légende ne serait donc pas ce qu'elle est. Calypso, une femme puissante, mais surtout, une

femme lâche qui n'utilise que sa magie pour s'affirmer !
N'est-ce pas pathétique ? lui dis-je d'un air prétentieux.

En furie, elle cria plusieurs expressions qui m'étaient
étrangères et coupa la corde qui tenait la cage en l'air. La
porte s'ouvrit et Itzel se pressa à la pousser, mais Calypso
posa son pied ce qui nous empêcha de nous échapper.

— QUE la femme, précisa celle-ci mot pour mot.

Je lui jetai un coup d'œil inquiet, il hocha la tête et
m'embrassa le front. Je le serrai dans mes bras, le cœur
meurtri, avant de m'élancer vers l'avant. J'entendis la sirène
pester face à notre amour, puis elle me tira par le bras et
je tombai à terre brutalement. Je dus lui faire face et voir
de plus près son physique hideux. Elle était horriblement
moche.

Celle-ci faisait presque un mètre de plus que moi et
elle semblait musclée. La colère se lisait dans la lueur de
ses yeux profonds et rougeâtres. Je l'avais poussée hors
d'elle. Toutefois, j'étais certaine que sa haine l'aveuglerait.
Elle n'était pas consciente de la gravité de ses meurtres,
du prix de sa vengeance. Calypso n'avait qu'un mot en
bouche, qu'une idée à l'esprit, et rien que pour ça, elle
partait perdante.

— Tu fais moins la maligne maintenant ? tonna la
sirène, énervée.

Je me relevai, ignorant sa remarque et marchai dans sa
direction d'un air décidé. Ces sensations refirent surface
d'une manière brutale. Je devins livide, tremblante, et
entendis par surprise le son de l'océan. Sa musique, son
chant. Une voix douce qui vint jusqu'à moi me rappelant
alors mes origines ; le monde sous-marin. Je ne saisissais
pas le message, car ma mère n'avait aucun don ni mon
père. Intriguée par cette mélodie, je tournai ma tête vers

les vagues déchaînées quand subitement le sol trembla et la sirène s'effondra avec moi à terre. Tous stupéfaits par la raison de ce tremblement, nous baignâmes en pleine confusion. Calypso, une fois debout, courut vers l'océan. Je la suivis du regard et aperçus un énorme bateau et pas n'importe lequel, un bateau pirate qui sortit d'un monde parallèle. De gros cercles qui encerclaient le bateau se brisèrent en poussières. Je venais de rompre son sort. Alejandro arrivait, plus rapide que jamais. Il sortit de l'océan et flotta à la surface. Toute l'eau coulait de son navire, qui déploya ses voiles rouge écarlate et ses canons. Il tourna vers Hawaï et nous fit face. Je n'avais jamais vu un navire aussi majestueux que celui-là.

— Non ! hurla la sirène.

Sa voix fut si stridente qu'Itzel et moi dûment nous boucher les oreilles. Son cri fit écho jusqu'au bateau qui lâcha sa plus grande voile pour accélérer la cadence. Nous entendions les hurlements de colère de l'équipage de notre position.

— Tricheuse ! Traîtresse ! Je t'aurai, je te tuerai. Je te le jure ! me dit-elle en plongeant dans l'eau.

Le cœur battant la chamade, je me traînai dans le sable et ouvris la cage à mon petit ami. Il m'enlaça dans ses bras et me demanda plusieurs fois pardon. Nous étions tous les deux perdus par ce flot d'informations si soudain, en particulier moi par mes sensations. Cette fois-ci, je n'avais plus le droit de les ignorer, car elles étaient bel et bien là en moi. Après notre embrassade, je me détachai de son étreinte pour que nous fassions face à l'eau. Je me redressai afin d'observer la scène qui se déroulait sous nos yeux. Le bateau se dirigeait droit sur l'île, comme s'il comptait y faire halte. Alejandro était libéré ! La boucle du temps s'était ouverte et ils s'étaient échappés de ce mauvais sort. Et d'après la sirène, tout cela grâce à moi. Mais qui étais-je ? Je ne saisissais pas la suite des événements. Avais-je des origines de sirène comme le prétendait Calypso ?

Ce kidnapping, cet emprisonnement, la sirène, Alejandro, la boucle… Je vivais dans un roman fantastique digne de ce nom ! Itzel, à son tour, se leva et m'embrassa comme si c'était notre dernier baiser. Alors que ces événements s'enchaînaient les uns à la suite des autres, je sentais qu'il fallait les rejoindre, que nous devions y aller tout de suite. L'océan m'appelait, comme si mon cœur désirait s'y plonger. Itzel me pointa du doigt un canot à croire qu'il avait lu dans mes pensées…

— Il y a une barque là-bas, allons-y ! dit-il en me prenant par la taille.

Je retrouvai mon petit ami, celui que j'aimais. Était-ce donc bien Calypso qui nous changeait ? Mon mental ne réalisait pas encore ce qu'il se passait, mais mon cœur, lui, voulait avancer. J'acceptai volontiers la proposition d'Itzel et nous nous précipitâmes sur la barque. Même si rejoindre l'équipage d'Alejandro était suicidaire, nous étions tous deux fous d'aventure. De toute manière, nous étions bloqués de ce côté de l'île. Soit Calypso gagnait, puis nous tuait, soit nous aidions le capitaine pour l'arrêter. Pour la première fois de ma vie, l'aventure s'offrait à nous !

Je n'en revenais pas. Cette petite peste, cette imbécile avait réussi à lever le sort ! Je me vengerai d'elle et de son amour. Pour l'instant, je devais à tout prix stopper Alejandro et son équipage avant qu'ils ne me tuent. Ils allaient se repentir de leur choix, de leur décision. Moi, Calypso, sirène des mers et des océans, leur ferai comprendre qui domine la situation. La haine battant dans mon cœur, je nageai jusqu'au bateau. Que la bataille commence...

Chapitre 14

Arrivés au bateau, je grimpai tant bien que mal avec Itzel sur le filet pour pouvoir mettre le pied sur le pont. Les vagues mouvementées m'apportaient des difficultés plusieurs fois avant que je ne réussisse enfin à toucher le filet. Mes pieds se bloquèrent dans celui-ci, mais Itzel m'aida à me défaire du nœud. Nous montâmes ensemble, épuisés, jusqu'au pont. Je fus surprise par l'équipage, nombreux et surtout jeune. Ils étaient musclés, bronzés et d'une beauté à couper le souffle. Courageux et forts, ils nous jetèrent des regards approbateurs. Je souris, mal à l'aise. Le sort les avait coincés à la même époque, raison pour laquelle ils n'avaient pas vieilli. J'étais intriguée, curieuse de savoir comment la magie fonctionnait. Cependant, ce n'était pas le moment ni l'instant de réfléchir à ça, l'équipage s'apprêtait à battre Calypso, peu importe ce qu'il y avait à perdre.

Les voiles du bateau développées, elles affichaient une couleur noire ornée d'une tête de mort sur une couverture rouge. Cela ne m'étonna guère. Le rouge comme l'amour, mais aussi le rouge comme la haine.

Le temps semblait s'être arrêté, pour eux, mais en particulier, pour nous. Comme si le fait que Calypso arrive stoppe toute notion de temps en attendant que la bataille se termine. Je craignais évidemment d'être enfermée dans cette boucle à mon tour après que la guerre soit terminée, mais je ne voulais pas y penser maintenant. La peur me déconcentrerait comme elle me découragerait avant l'heure.

Un silence s'installa entre nous, car l'équipage paraissait dérangé par notre présence. Je compris que nous n'étions pas les bienvenus sur le bateau, celui du plus grand pirate au monde, Alejandro. Après tout, nous allions les déconcentrer, nous étions une tâche en plus dont s'occuper, alors que la sirène s'approchait. Je fus surprise d'être présente avant celle-ci, mais ce ne fut qu'une illusion. Je la sentais, oui, elle était là à analyser la situation.

D'ailleurs, en avançant vers l'avant du vaisseau, je croisai le capitaine, majestueux, sublime, ayant une beauté incomparable et inhumaine. Stupéfaite par ce que je voyais, je m'arrêtai pour l'admirer. Oui. Je comprenais pourquoi elle était tombée sous son charme. Quel homme, quel pirate. Il avait tout pour lui, soit une peau bronzée, un regard intense, des muscles, la taille. Tout. Tout semblait parfait chez lui, sauf une chose, l'amour qu'il dédia à une autre femme que Calypso.

Je le saluai, suivie d'Itzel, gêné par tant de beaux hommes. Je lui donnai un coup de coude et le rassurai par rapport à ça. Nous ne devions pas nous inquiéter de cet équipage dont le seul objectif était la destruction de la sirène. Pendant que je lui parlais du problème, une secousse emporta le bateau d'un coup sec. Nous basculâmes tous vers la droite avant de rattraper notre équilibre en même temps que le navire.

— Nous revoilà à nouveau réunis, siffla Calypso en sautant sur le pont.

Elle s'affichait, au centre de ces hommes qui ne percevaient qu'une grosse lumière. Évidemment, seul Alejandro la voyait faite de poussières et de laideur. Il était l'unique, le seul homme à avoir cette capacité, car ces deux derniers étaient maudits.

Soudain pris de peur, tout le monde recula, ainsi que le capitaine. Je sentis très bien la colère qu'ils ressentaient envers elle. Le capitaine, bien que consterné, se révéla prêt à se battre contre cette sirène maudite pour protéger aussi son équipage.

— Tu… Tu as bien changé, dit-il d'une voix brisée.

L'étonnement se lisait dans ses yeux. Alejandro voulut l'effleurer des doigts, comme attendri et attristé par son sort, mais elle le repoussa violemment.

— Abruti ! Qu'est-ce que tu crois ? Que je vais te laisser la vie sauve pour ta pitié envers moi ? Tu payeras ta trahison !

Agressive, Calypso hurla, les pupilles rougeoyantes. Elle arracha des planches en bois et les lança sur les hommes qui se protégèrent à l'aide de leurs bras. Tandis qu'elle s'évertuait à briser l'épave, je cherchai du regard une cabine où nous cacher. Si la sirène détruisait tout ou nous touchait avec ses planches, nous étions fichus. Il était hors de question que je vois mon petit ami à l'hôpital pour cette femme voilée par la rancœur. De plus, aucun pirate ne s'élancera vers elle à cause de sa lumière. Ils ne seraient pas assez précis.

En retrait par rapport à leur conversation, Itzel me chuchota à l'oreille qu'il y avait une cabine dans notre dos. Nous nous empressâmes de nous y réfugier alors que j'entendais une énième fois Calypso crier :

— Bats-toi ! Bats-toi, imbécile d'ivrogne !

Ils se fixaient tous deux, comme dans l'incapacité de se tuer. Ils se haïssaient, mais pas au point de s'entre-tuer.

Ceux-ci préféraient s'infliger une douleur inouïe au lieu d'accorder la mort, un sort trop facile, trop rapide.

— Je ne veux pas me battre ! répondit le capitaine.

Je fermai la porte par la suite. Dans un calme complet, mon petit ami s'assit sur le premier siège et me prit sur ses genoux. Grâce à la petite fenêtre dans la cabine, nous pouvions toujours observer la bataille sur le pont afin de réagir dans le pire des cas. Était-ce une bonne idée d'être venus jusqu'ici ? Je doutais petit à petit de notre décision. Nous avions été si pressés de les rejoindre, de voir comment cela se terminerait. Nous étions là, à présent, face à la plus grande légende au monde. Nous allions voir en direct comment celle-ci se terminerait, comment cet amour perdu pourrait reprendre vie, s'enflammer.

Je fis le tour de cette cabine, celle du capitaine et ouvris les tiroirs. Couteaux, feuilles, cartes, le matériel habituel d'un pirate…

— Tu n'es pas effrayée par Calypso ? me demanda Itzel, curieux. Elle est si blanche, si…

— Blanche ? Tu rigoles. Elle est poussiéreuse, oui, rigolai-je en lui faisant un clin d'œil.

J'étais tellement nerveuse que je prenais cette situation à la rigolade. Je ne réalisais pas encore tout ce qui se produisait, ici, à l'instant même. Mon petit ami baisa ma main, puis posa un tendre baiser sur mes lèvres. Calme. Oui. Il fallait que nous nous calmions. Nous n'irions pas bien loin sur ce bateau, à moins qu'Alejandro la batte.

— N'oublie pas que je ne la vois pas… Ce n'est qu'une boule blanche. D'ailleurs, je ne comprends pas comment le capitaine et ses hommes réussissent à l'apercevoir.

— Peut-être parce que c'est elle qui les a maudits, non ? Cela me paraît assez logique. Ils sont tous dans le même bateau après tout.

Itzel approuva mon explication et m'accompagna dans mes fouilles. Quitte à mourir sur ce navire, autant trouver des astuces ou des merveilles avant de partir. Même les livres dans la bibliothèque du fond ne ressemblaient qu'à des cartes géographiques, ou des romans historiques sur l'océan. Je fus effarée par l'âge de ces derniers… 1719. Malgré tous ces détails et ces horreurs, je restais attirée par cette affaire, et surtout, par l'océan en lui-même.

— Tu as vu ces bouquins ? Ils sont si vieux, mais admirables ! m'exclamai-je, émerveillée.

Il en attrapa un et le feuilleta, curieux. Son visage était impassible, à croire que l'indifférence se reflétait sur lui.

— Ce n'est pas dans notre langue…

Soudain, le bateau bascula vers la droite et des cris se firent distincts. Les hommes crièrent et j'entendis des bruits métalliques. Je supposais donc qu'ils prenaient leurs épées, prêts à se battre. En virant sur la droite, tous les tiroirs s'ouvrirent et tombèrent au sol. Un objet brillant d'une couleur bleutée attira mon attention. Je le pris avant qu'il ne glisse sous un meuble et remarquai que c'était une bague en argent faite d'un coquillage. Je fus impressionnée par son aspect étincelant. Je ne sus dire pourquoi, mais je savais au fond de moi que cette bague avait une grande valeur sentimentale. L'amour que la personne lui portait m'envahit. C'était si plaisant, si beau, si lumineux. J'oubliai la bataille le temps d'une seconde, ainsi que les problèmes de Calypso pour me plonger dans une belle histoire d'amour. Elle devait appartenir au capitaine, car le luxe dans cette cabine semblait trop beau pour appartenir à un simple pirate.

Encore une fois, le bateau tourna d'une manière violente vers la gauche et nous perdîmes l'équilibre. Je trébuchai contre la bibliothèque, Itzel sur la porte. Je jetai un coup d'œil vers la fenêtre, cependant, trop de pirates se tenaient en face d'elle. Impossible de voir ce qu'il s'y tramait.

— On ferait mieux de s'en aller, Jo', sortons ! dit-il d'un ton sec.

Je lui obéis, puis il baissa la clinche. Le vent nous frappa le visage. Quand nous fûmes sur le pont, les hommes couraient vers Calypso, arme en main et détermination en eux. J'avais peur pour eux qui espéraient tellement revivre, se débarrasser de ce châtiment. Je tenais fermement la bague, tandis qu'Itzel cherchait de quel côté la barque se situait. Elle était à notre opposé, dans le dos de la sirène acharnée et énervée contre tous.

Alejandro se protégeait à l'aide des corps morts de son équipage. La sirène l'attaquait à coup de queue. Celle-ci avait une puissance incroyable pour se tenir droite.

Écœurée par les cadavres, j'ignorai cette horreur et me dis que de toute manière, pour se sauver des griffes de Calypso, tout était à prendre. La peur au ventre, je traversai une grande partie du navire aux côtés de mon petit ami. L'estomac retourné, la gorge nouée, je ne pouvais pas réfléchir posément. Il fallait rapidement trouver une échappatoire. Je vivais cette vengeance au fond de mes tripes à mon tour. Des coups de feu passaient de droite à gauche, tout le monde se montait les uns contre les autres, croyant qu'aider la sirène les sauvera peut-être. Le bruit métallique des épées résonnait encore et encore dans mon esprit sans que je puisse les arrêter. Des hurlements provenaient des hommes touchés, ensanglantés. La moitié de l'équipage y était passé…

Alors que nous marchions derrière eux, la sirène me fixa. Elle comprit mon objectif ; sortir d'ici et fuir vers l'autre côté de l'île. Ce fut donc sans hésitation qu'elle se jeta sur moi en négligeant la présence d'Alejandro. Je hurlai à en perdre la voix et tentai de la repousser. Cependant, tout le monde fut projeté en arrière et fut collé contre les parois du bateau. L'effroi de cette situation intensifia chacune de mes craintes. Non. Je ne voulais pas mourir comme ça. Je n'abandonnerai pas mes proches pour cette cruche. Elle m'étranglait, me coupait la respiration à tel point que plus rien ne passa. Ses mains se resserraient sur ma gorge pendant que ses yeux m'hypnotisaient. Je détournai le regard et me sentis partir. Je ne réussissais plus à respirer, à inspirer l'oxygène. Depuis la nuit des temps, des personnes racontaient que l'on voyait sa vie défiler avant de mourir. Pourtant, je n'avais pas eu du tout cet effet. Au contraire, la vue de l'océan s'offrit à moi, sans oublier les poissons, les coraux, ainsi que toute la vie sous-marine, comme si ce monde m'attendait une fois jetée dans l'eau.

Mon corps vidé de toutes ses forces, je lâchai la pression de mes mains. Calypso me dit alors :

— C'est ma bague ! Rends-la-moi ! protesta-t-elle en versant des larmes chaudes.

Choquée, je laissai la bague rouler au sol, puis reculai quand elle l'eut enfin en main. Elle l'enfila à son doigt et me demanda où je l'avais trouvée. Celle-ci pleurnicha et sombra dans une profonde tristesse. Une vérité venait certainement d'éclater, celle de son amour, celle qui balayait toute la haine pour accueillir l'humilité.

— Dans… dans la cabine du capitaine, répondis-je avec hésitation.

Le capitaine, libéré du pouvoir de Calypso, s'abaissa à notre hauteur et frôla la peau de cette dernière en se mordant les lèvres. Ils se regardèrent tous deux, abasourdis et médusés par ce qu'ils avaient fait. Leur colère les avait poussés si loin dans cette aventure, elle les avait aveuglés et les avait menés au fond d'un enfer sans fin. Ils vivaient dans un tourment d'émotions, perdus entre le bien et le mal, possédés par leurs démons intérieurs et leur passé douloureux.

Ces ronces enveloppaient leurs chevilles et les tiraient vers le bas. Chaque seconde, chaque minute, chaque heure, ils sentaient leurs piques s'enfoncer en eux jusqu'à sang. Elles les ensevelissaient là où les flammes les consumaient, là où la chaleur les oppressait, là où leur cœur s'arrêtait. Comment avaient-ils pu en arriver là ? Ils ressemblaient à des bêtes sauvages et se sentaient honteux devant l'autre.

— Pourquoi tu as encore la bague que tu m'as offerte ? demanda d'une voix douce Calypso. Je l'avais jetée dans l'océan…

Comme si sa haine s'était dissipée, la sirène parlait avec tendresse et découvrit une nouvelle émotion, celle du pardon. Malgré son physique atroce, je distinguais une beauté indescriptible en elle.

— Je… Je t'ai toujours aimée, Calypso, mais je ne pouvais te promettre amour et fidélité, si ma vie était destinée à voyager. Je t'aurais fait souffrir et tu aurais été si triste. Quand tu as jeté la bague, elle est entrée dans la boucle. Je l'ai gardé tout ce temps.

Alejandro craqua sous l'effet de la tristesse et pleura toutes les larmes que son corps lui permit. Non, il n'était pas faible, il était véritable. Ce capitaine avait abandonné la femme qu'il aimait depuis toujours, celle qui faisait chavirer son cœur, vibrer ses émotions, fondre sa tristesse. Calypso essaya de lui caresser le visage, mais sa main se décomposa et les cendres s'écroulèrent sur les planches. La malédiction l'empêchait d'apporter affection à quiconque, que ce soit à l'homme qu'elle avait aimé, ou à un simple poisson de l'océan. Elle devait errer sur son île, condamnée à vivre dans la souffrance et l'indifférence, condamnée à détester, non aimer pour qu'elle réalise l'atrocité que subissaient ces hommes.

— Je t'aurais suivi jusqu'au bout du monde, Alejandro, jusqu'aux enfers pour être à tes côtés. J'aurais nagé dans l'océan entier pour te retrouver. Mais jamais tu n'es revenu me voir… Tu as préféré te marier et m'abandonner à Hawaï, comme un lâche !

Tous deux s'infligeaient une douleur sans pareil et se lançaient des piques. Ils ne se détestaient pas. Depuis le début, cette dispute partait d'un quiproquo. Je me sentis si triste pour eux, car ce malentendu les avait poussés à bout. Ils avaient souffert pendant des siècles et apprenaient la vérité seulement maintenant.

— C'est vrai. J'ai tenté de t'oublier, car la souffrance de la réalité était trop ardente. Ton… Ton absence, dit-il entre deux sanglots, fut mon pire cauchemar. Je ne t'en veux pas de m'avoir emprisonné dans cette boucle. Je m'en veux à moi, moi qui n'ai pas eu l'audace de te dire la vérité. Pour te dire, je ne désirais pas voir tes larmes perler, j'ai préféré fuir.

Ils se turent et Alejandro prit la main de Calypso dans la sienne. Contrairement à la sirène, il pouvait encore la toucher.

— Il est vrai que je ne supportais plus de répéter chaque jour les mêmes actions, et ce, pendant des siècles. Toutefois, l'amour que je te portais était bien trop grand pour être brisé. J'aurais dû tout te dire au lieu de me cacher.

Tout le monde se tut, du moins, le peu de pirates qu'il restait ne bougeait plus. Mieux valait ne pas énerver la sirène et, bien qu'elle soit physiquement monstrueuse, le capitaine n'hésita pas à poser un baiser sur son front. Le vent à cet instant même s'éleva et le bateau fut renversé par des vagues violentes. Le temps se changea, le soleil disparut et tout le monde fut baigné dans la mer. Le navire fut retourné complètement, tandis que les deux amoureux s'enlacèrent. Quant à moi, j'embrassai Itzel, apeurée à l'idée que cela soit notre dernier moment ensemble. Nous pleurions ensemble, parce que nous savions qu'emprisonnés sur ce bateau, nous ne pourrions rejoindre la plage et être en sécurité. L'eau nous enveloppa, non, elle nous engloutit sans scrupule avec l'équipage. Des hommes se débattirent comme ils purent, mais moururent les secondes suivantes. Je tentai à mon tour de remonter jusqu'à la surface pendant que j'évitais le tissu des voiles avec Itzel. En vain, ce fut impossible. La malédiction nous interdisait de quitter cet endroit. Plus les secondes passaient, plus Itzel manquait d'air. Néanmoins, je ne me sentis nullement oppressée. J'étais apaisée, comme chez moi, à la maison. Cette drôle de sensation me quitta enfin. Peut-être essayait-elle depuis le début de me montrer pourquoi j'aimais tant être ici, sur Hawaï, mais surtout dans l'eau. Peut-être que Calypso avait raison, que j'avais des origines de sirènes. Cette fois-ci, je ne pouvais pas le nier !

Par chance, cela ne dura que quelques secondes... L'histoire d'une frayeur, d'un enfer. Toute l'eau qui nous entourait disparut pour laisser place au sable de l'île. Nous rampions le plus loin possible de l'eau avec les hommes. Je jetai un coup d'œil rapide sur mes jambes qui étaient bien à leur place par peur que cela se soit changé en une queue de poisson. Je ne compris pas tout de suite ce qu'il s'était produit. Tout avait été si rapide, si vite. En plus, je n'avais rien vu dans l'eau et Itzel non plus. Qu'est-ce qui s'était produit en moi ?

— Où est la sirène ? me dit-il, intrigué. Pourquoi sommes-nous ici ?

Le souffle court, nous nous regardions tous, curieux. Et si la malédiction avait pris fin en les condamnant tous les deux ? Perplexe, je me redressai pour observer à l'horizon. Le paquebot avait disparu. Bon dieu, il n'était plus là ! Comment étions-nous revenus sur terre, alors ? Je me mordis les lèvres nerveusement, dans l'ignorance. Je craignais de revoir apparaître Calypso auprès de moi. Cette dernière m'avait juré de me tuer. J'espérais au plus profond de mon cœur qu'elle soit morte ou partie très loin de cette île. L'équipage chercha à son tour la présence du capitaine. Cependant, rien n'y fit. Nous étions seuls, alors qu'Alejandro avait péri aussi dans l'eau. Subitement, une voix nous réveilla.

— Vous nous cherchez ?

Alejandro... Nous nous retournâmes et le vîmes souriant. À ses bras, une femme, belle et resplendissante. Elle était si gracieuse, si mielleuse, si douce dans ses gestes. Sa chevelure et sa peau n'étaient plus de cendres, mais bien réelles. Les cheveux ébène et le corps blanchâtre, Calypso portait la fameuse bague. Ils marchèrent à deux comme des amoureux et vinrent à notre rencontre. Ils étaient méconnaissables. J'étais heureuse de découvrir la vraie sirène, la vraie Calypso et sans sa queue en plus ! La légende avait donc raison sur sa beauté, sa douceur, son physique.

— Que s'est-il passé ? leur demandai-je, interloquée.

Ce fut la première question qui me passa par la tête. J'en oubliais tous les événements précédents, car tout ce que je désirais savoir, c'était la vérité. En à peine quelques secondes, le bateau avait disparu et la mer s'était énervée. Je ne comprenais rien à la suite des faits. Ils s'enchaînaient trop rapidement pour mon cerveau. Trop d'informations, trop, trop…

— Joséphine, répondit Calypso. Le sort s'est levé. Les Dieux ont ravivé mon cœur. Grâce à leur offrande, je peux marcher aux côtés d'Alejandro quelques heures par jour ! Je peux à présent aimer et aider mon prochain… Ils n'attendirent que notre pardon, un pardon sincère. Parfois, un baiser ne suffit pas pour détruire une malédiction. Il faut pouvoir pardonner, oublier le mal qui a été fait.

Je fronçai les sourcils et gardai un air hébété. Mon petit ami, lui, comprit facilement et resserra notre étreinte. Il ne suffisait que d'un pardon pour retirer des siècles de douleur ? Le premier mot qui traversa mon esprit fut le mot « dingue ». C'était dingue ce qu'accomplissait le pardon.

— L'océan nous attend, proclama Alejandro, fou de joie. Les Dieux nous donnent une seconde chance, une chance que je saisis en compagnie de l'amour de ma vie. Je ne ferai plus les mêmes erreurs. C'est fini. Nous allons retourner à notre époque pour voyager aux quatre coins du monde.

— Sache, Joséphine, que je suis désolée pour ce que je t'ai dit… Avant que je ne sois délivrée, tu comprends ?

C'est moi qui aie rendu fou ton petit ami. Je ne supportais pas que tu puisses aimer, si moi, on me l'interdisait. J'étais obnubilée par cette histoire, la mienne. Je ne comprenais pas pourquoi une autre sirène réalisait son rêve… Je me sentais seule, vois-tu ?

Les sourcils froncés, je me tus. Une sirène ? Avait-elle bien dit « une sirène » ? Non. Je n'avais ni queue, ni pouvoirs, ni magie qui baignait dans mes veines.

— Mais… Je ne comprends pas trop. Pourquoi en posant le pied au sol, ton bateau est sorti de la boucle ? Pourquoi suis-je si bien dans l'eau ou sur Hawaï ? Rien de tout ça n'est logique ! Je suis certaine que je suis en train de rêver !

Je les regardai intensément dans l'attente d'une réponse, d'une explication rationnelle. Toute cette magie, c'était totalement inconnu à mes yeux. Cela ne pouvait pas être réel.

— Tu ne le ressens pas ? Cet air pur ? Cet océan mouvementé ? Tu as les mêmes origines que Calypso… Toutefois, tes origines sont trop lointaines pour que tu puisses avoir l'apparence d'une sirène. Tu as juste gardé en toi le bien-être de l'eau, et surtout, tu dois être une très bonne nageuse ! intervint Alejandro.

— Je suis d'accord ! Tu n'as rien de l'apparence d'une sirène, mais tu as avant tout le cœur aux mystères, le cœur sur la main, le cœur à l'océan. Tu ne venais pas à Hawaï par hasard, mais parce que c'est ici que tes ancêtres ont vécu. Tu verras, quand tu vieilliras, tu auras des flashs, des souvenirs que tu n'as pas vécus dans cette vie-ci, mais que tes arrières-grands-parents, eux, oui ! Rien qu'avec ces origines, tu peux accomplir tant de choses… Tu ne le réalises pas encore, mais bientôt, tu n'auras plus de doute. Le pouvoir qu'il y a en toi est énorme. Tu as de grandes capacités, m'expliqua Calypso. La loi d'attraction fonctionne très bien, il suffit que tu y penses !

Avant que je ne sache riposter ou poser une autre question, ils marchèrent vers les vagues, main dans la main, le sable recouvrant leurs pieds. Les cheveux au vent, Calypso se retourna une dernière fois pour nous saluer, puis ils disparurent sous l'eau où ils rejoignirent leur époque, leur bateau. L'équipage les suivit à la hâte pour ne pas perdre une seconde, jusqu'au moment où nous nous retrouvâmes seuls, Itzel et moi. Le calme brisé par le bruit de la mer régnait entre nous. Les animaux de cette forêt sortirent alors de leur cachette et reprirent leur vie comme auparavant. Je voulus les suivre, en savoir plus sur mes ancêtres, ce qu'ils avaient fait. Cependant, Itzel m'attira contre lui. Il savait que, si je plongeais, je ne reviendrais pas, car je les chercherais encore et encore… Il savait que si je plongeais, je m'en irais peut-être pour 1718.

Je criai après la sirène et son pirate, mais ils ne réapparurent pas face à moi. Ils étaient partis pour vivre tranquillement leur amour sous l'eau, sous l'océan, tel un amour sans un bruit. Ils allaient enfin vivre paisiblement, sans guerre, sans rancune, sans colère. Peut-être auraient-ils des enfants, des petits enfants. Je les imaginais bien dans leur maison proche de l'eau à Hawaï. Je supposais qu'à leur époque, les personnes ne se présentaient pas en aussi grand nombre.

Ce fut alors ainsi que la légende prit fin, que la malédiction fut levée. Un pardon, une larme, un amour. Une leçon de vie importante pour nous tous. Ainsi, l'amour prouva qu'il surpassait toute haine et ce qui s'en suivait. L'amour, un terme puissant et fort qui créait, sauvait, mais aussi brisait. L'amour, un sentiment que tout le monde connaissait.

Épilogue

Quelques années passèrent depuis cet événement. Mariée à Itzel, nous attendions un enfant avec impatience depuis déjà cinq mois. Quant à Elsa, elle avait aussi trouvé le grand amour, celui avec un grand A. Elle l'avait rencontré par hasard à Hawaï la première fois, mais elle le rencontra à nouveau à Paris sur la Seine. Ce fut le coup de foudre pour Elsa, en particulier quand son petit ami lui offrit des roses rouges dès leur deuxième rencard. Elle m'avait expliqué qu'ils s'étaient aimés dès leur premier regard. Je n'avais pas voulu lui faire de peine et la laissais vivre avec ses propres erreurs sans interposer mes peurs vis-à-vis de cet homme.

Ensuite, les paroles de Calypso n'avaient rien révélé par rapport à ma vie. Je n'avais pas de précieux pouvoirs ou quoi que ce soit… Peut-être devais-je évoluer, ou grimper en vibration pour les développer. Je me sentais simplement à l'aise sous l'eau, et comme prédit, je nageais très bien. Dans tous les cas, je ne connaissais rien de mes dons et, de toute façon, je n'avais pas le temps avec le bébé.

— Chérie, le dîner va être prêt ! me dit Itzel en préparant la table.

Je me levai avec difficulté et allai l'aider.

— J'arrive.

— Va t'asseoir, je ne veux pas que tu fasses des bêtises.

Il râlait un peu, mais il savait très bien que personne ne pouvait m'arrêter. J'étais une tête de mule et, depuis le début, il supportait mon mauvais caractère. Itzel me connaissait trop et, ce qui lui plaisait dans mon caractère, c'était mon âme d'aventurière.

— Je n'aime pas que tu fasses des efforts. C'est mauvais pour le bébé, se plaignit ce dernier en s'asseyant à table.

Je levai les yeux au ciel, puis nous servis. Ce n'était pas parce que j'étais enceinte que je ne devais pas aider les autres. Au contraire, je voulais leur prouver qu'avec ou sans bébé, une femme réussissait toujours ce qu'elle faisait quand elle était déterminée.

— Et moi, je n'aime pas que tu fasses ton petit chef ! Le bébé se porte à merveille, lui répondis-je pour le réconforter.

Je posai ma main sur la sienne et il plongea son regard dans le mien.

Il sourit.

Je souris.

Nous ne faisions qu'un à présent.

— Ce serait bien de lui trouver un petit nom, tu ne penses pas ? me demanda-t-il, excité par l'idée d'être papa.

— J'en ai peut-être un en tête…

Je mangeai et bus une gorgée d'eau. Il patienta, il attendit que je lui dise le prénom que j'aimais. Quand j'ouvris la bouche, nous dîmes en même temps :

— Alejandro.

Sur ce mot, il m'embrassa passionnément et je versai des larmes de joie. J'étais tellement heureuse avec lui. Il me faisait vivre, faisait vibrer mon cœur. Je ressentais des émotions qui m'étaient inconnues dans le passé. Itzel était différent, Itzel était mon mari. Je l'aimais, je l'aimais d'un amour puissant et indescriptible. Comme la sirène et son pirate, nous étions le feu et l'eau, le blanc et le noir. Oui.

Nous étions l'avocat et le caissier. Nous nous complétions et nous vivions heureux comme cela. Et jamais je ne laisserai quiconque nous séparer. Comme disait le poème, l'amour destruction de Calypso l'avait piégée, car elle était aveuglée par la possession et la haine. Dans notre cas, nous avions trouvé le juste équilibre.

> *Un amour aussi constructeur,*
> *Ne peut que créer,*
> *Pourtant aussi douce qu'une fleur,*
> *Calypso fut aimée.*

Remerciements

Je remercie avant tout mes bêta qui m'ont aidée à améliorer l'histoire et surtout à éviter les nombreuses répétitions… Je remercie ma mère qui m'a soutenue quand j'ai voulu abandonner et, évidemment, je remercie aussi mon éditrice pour sa confiance en ma plume et mes livres. Sans elle, rien de tout cela ne serait possible. Sans oublier mes deux amies, Mayday MC et Rainie qui ont permis de terminer ce livre en beauté.

Vous avez aimé votre lecture ?
Découvrez les autres romans des éditions So Romance
disponibles en format papier et numérique.

Madame Connasse

Agathe, cousine de Corentin Connard, reprend les affaires de Separagence. Après une année en Espagne à se remettre d'une fausse couche dans l'alcool et l'allégresse, elle revient affronter ses vieux démons : un ex-fiancé trompé, une famille abandonnée sans un mot. Et... comme si tout cela n'était pas suffisant, il fallait aussi que cette chère Ella, alias Miss Parfaite, alias la fiancée de son frère, débarque dans sa vie pour mieux la chambouler... Madame Connasse sera-t-elle la digne héritière de Monsieur Connard ?

Autumn
Tome 1 : Mon coeur s'ouvre à ta voix

Lorsque le lieutenant Jay Ransom retourne dans l'état du Vermont, il ne s'attend pas à être aspergé de peinture rose par Autumn Hensley en guise de bienvenue. Frappée de mutisme, la jeune femme fréquente peu de gens. Irrépressiblement attiré par cette personnalité atypique, Jay s'impose avec panache dans l'univers d'Autumn et libère à son contact une part de lui-même jusqu'ici inexplorée. Mais le métier du militaire parviendra-t-il à protéger leur histoire de tous les dangers ?

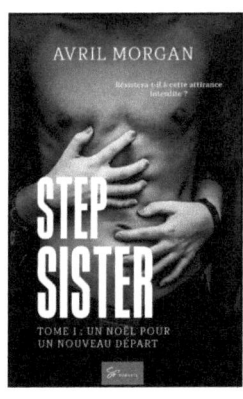

Step Sister
Tome 1 : Un Noël pour un nouveau départ

Gabriel avait tout pour être heureux : sa fiancée Amélie, un futur bébé, un travail prenant... Un bonheur ponctué de parts sombres : l'abandon de sa famille qu'Amélie ne peut pas supporter, la mort de sa mère et de sa soeur... Sans oublier cette impardonnable attirance qu'il a pour Amber, sa demi-soeur adoptée, et le lourd secret qu'ils portent à deux. Cependant, lorsqu'il reçoit une invitation de sa famille pour Noël, il ne peut la refuser. Arrivera-t-il à mettre un trait sur ce passé qui le ronge ? Saura-t-il résister à Amber ?

Don't say that I love you
Tome 1 : Amour défendu

Dans la famille Parks, tout le monde participe à l'entreprise familiale : les hommes sont stylistes, les femmes couturières. N'ayant qu'une fille, Soni, Clay Parks forme Drew, un jeune styliste, pour prendre sa suite à la tête de l'entreprise. Il le considère comme un fils. Difficile dès lors pour Drew et Soni d'assumer cette folle attirance qu'ils ont l'un pour l'autre... Autre détail : Drew a le double de l'âge de Soni. Toutefois, ils ont décidé qu'il ne se passerait rien entre eux, donc en théorie, aucun problème en vue... En théorie.

Pour en savoir plus
www.soromance.com

© Éditions So Romance, 2019 pour la présente édition

Lemaitre Publishing
159 avenue de la Couronne
1050, Bruxelles
www.soromance.com

D/2019/14.771/26
ISBN : 9782390450740

Maquette de couverture : Philippe Dieu
Photo : © majdansky / Fotolia